LA VIE DE MARIANNE,

OU

LES AVANTURES DE MADAME LA COMTESSE DE ***

Par Monsieur DE MARIVAUX.

QUATRIE'ME PARTIE.

A PARIS,

Chez PRAULT, Fils, Quay de Conty, vis-à-vis la descente du Pont-Neuf, à la Charité.

M. DCC. XXXVI.

Avec Approbation, & Privilege du Roy.

LA VIE DE MARIANNE, OU LES AVANTURES DE MADAME LA COMTESSE DE ***

Quatriéme Partie.

JE ris en vous envoyant ce paquet, Madame. Les differentes parties de l'Hiſtoire de Marianne ſe ſuivent ordinairement de fort loin. J'ai coutume de vous les faire attendre très-longtems; il n'y a que deux mois que vous avez reçû la troisiéme ; & il me semble que je vous entends dire ; encore une troisiéme Partie, a-t-elle oublié qu'elle me l'a envoyée ?

Non, Madame, non, c'est que c'est la quatriéme ; rien que celà, la quatriéme. Vous voilà bien étonnée, n'est-ce pas, voyez si je ne gagne pas à avoir été paresseuse ? peut-être qu'en ce moment vous me sçavez bon gré de ma diligence, & vous ne la remarqueriez pas, si j'avois coutume d'en avoir.

A quelque chose nos défauts sont bons ; on voudroit bien que nous ne les eussions pas, mais on les supporte, & on nous trouve plus aimables de nous en corriger quelquefois, que nous ne le paroîtrions avec les qualitez contraires.

Vous souvenez-vous de Monsieur de..... c'étoit un grondeur éternel, & d'une physionomie à l'avenant; avoit-il un quart-d'heure de bonne humeur, on l'aimoit plus dans ce quart d'heure, qu'on ne l'eût aimé pendant toute une année, s'il avoit toujours été agréable; de memoire d'homme on n'avoit vû tant de graces à personne.

Mais commençons cette quatriéme Partie; peut-être avez-vous besoin de la lire pour la croire: & avant que de continuer mon recit, venons au portrait de ma bienfaictrice que je vous ai promis, avec celui de la Dame qu'elle a amenée, & à qui dans les suites j'ai eu des obligations dignes d'une reconnoissance éternelle.

Quand je dis que je vais vous faire le portrait de ces deux Dames, j'entens que je vous en donnerai quelques traits; on ne sçauroit rendre en entier ce que sont les personnes, du moins cela ne me seroit pas possible; je connois bien mieux les gens avec qui je vis que je ne les définirois ; il y a des choses en eux que je ne saisis point assez pour les dire, & que je n'apperçois que pour moi, & non pas pour les autres ; ou si je les disois, je les dirois mal ; ce sont des objets de sentiment si compliquez, & d'une netteté si délicate, qu'ils se brouillent dès que ma reflexion s'en mêle ; je ne sçai plus par où les prendre pour les exprimer ; de sorte qu'ils sont en moi, & non pas à moi.

N'êtes-vous pas de même ? il me semble que mon ame en mille occasions en sçait plus qu'elle n'en peut dire, & qu'elle a un esprit à part qui est bien superieur à l'esprit que j'ai d'ordinaire. Je crois aussi que les hommes sont bien au-dessus de tous les Livres qu'ils font. Mais cette pensée me meneroit trop loin : revenons à nos Dames, & à leur portrait : en voici un qui ſera un peu étendu, du moins j'en ai peur, & je vous en avertis, afin que vous choiſiſſiez, ou de le paſſer, ou de le lire.

Ma bienfaictrice que je ne vous ai pas encore nommée, s'appelloit Madame de Miran; elle pouvoit avoir cinquante ans: quoiqu'elle eût été belle femme, elle avoit quelque choſe de ſi bon & de ſi raiſonnable dans la phyſionomie, que cela avoit pû nuire à ſes charmes, & les empêcher d'être auſſi piquans qu'ils auroient dû l'être; quand on a l'air ſi bon, on en paroît moins belle; un air de franchiſe & de bonté ſi dominant, eſt tout-à-fait contraire à la coquetterie; il ne fait ſonger qu'au bon caractere d'une femme, & non pas à ſes graces; il rend la belle perſonne plus eſtimable, mais ſon viſage plus indifferent, de ſorte qu'on eſt plus content d'être avec elle, que curieux de la regarder.

Et voilà, je pense, comme on avoit été avec Madame de Miran; on ne prenoit pas garde qu'elle étoit belle femme, mais seulement la meilleure femme du monde; aussi, m'a-t-on dit, n'avoit-elle gueres fait d'Amans, mais beaucoup d'amis, & même d'amies; ce que je n'ai pas de peine à croire, vû cette innocence d'intention qu'on voyoit en elle, vû cette mine simple, consolante & paisible qui devoit rassurer l'amour propre de ses compagnes, & la faisoit plus ressembler à une confidente qu'à une rivale.

Les femmes ont le jugement sûr là-dessus. Leur propre envie de plaire leur apprend tout ce que vaut un visage de femme, quel qu'il soit; beau ou laid, il n'importe, ce qu'il a de mérite, fût-il imperceptible, elles l'y découvrent, & ne s'y fient pas; mais il y a des beautez entr'elles qu'elles ne craignent point, elles ſentent fort bien que ce ſont des beautez ſans conſequence ; & apparemment que c'étoit ainſi qu'elles avoient jugé de Madame de Miran.

Or à cette phyſionomie plus louable que ſéduiſante, à ces yeux qui demandoienr plus d'amitié que d'amour, cette chere Dame joignoit une taille bien faite, & qui auroit été galante, ſi Madame de Miran l'avoit voulu, mais qui faute de cela, n'avoit jamais que des mouvemens naturels & neceſſaires, & tels qu'ils pouvoient partir de l'ame du monde de la meilleure foi.

Quant à l'eſprit, je crois qu'on n'avoit jamais ſongé à dire qu'elle en eût, mais qu'on n'avoit jamais dit auſſi qu'elle en manquât. C'étoit de ces eſprits qui ſatisfont à tout ſans ſe faire remarquer en rien, qui ne ſont ni forts ni foibles, mais doux & ſenſez, qu'on ne critique, ni qu'on ne loue ; mais qu'on écoute.

Fût-il question des choses les plus indifferentes, Madame de Miran ne pensoit rien, ne disoit rien qui ne se sentît de cette abondance de bonté qui faisoit le fond de son caractere.

Et n'allez pas croire que ce fût une bonté sotte, aveugle, de ces bontez d'une ame foible & pusillanime, & qui paroissent risibles même aux gens qui en profitent.

Non, la sienne étoit une vertu, c'étoit le sentiment d'un cœur excellent ; c'étoit cette bonté proprement dite, qui tiendroit lieu de lumiere, même aux personnes qui n'auroient pas d'esprit, & qui, parce qu'elle est vraie bonté, veut avec scrupule être juste & raisonnable, & n'a plus envie de faire un bien, dès qu'il en arriveroit un mal.

Je ne vous dirai pas même que

Madame de Miran eut ce qu'on appelle de la nobleſſe d'ame, ce ſeroit auſſi confondre les idées; la bonne qualité que je lui donne étoit quelque choſe de plus ſimple, de plus aimable, & de moins brillant. Souvent ces gens qui ont l'ame ſi noble, ne ſont pas les meilleurs cœurs du monde; ils s'entêtent trop de la gloire & du plaiſir d'être genereux, & negligent par-là bien des petits devoirs. Ils aiment à être louez, & Madame de Miran ne ſongeoit pas ſeulement à être louable; jamais elle ne fut genereuſe, à cauſe qu'il étoit beau de l'être, mais à cauſe que vous aviez beſoin qu'elle le fût; ſon but étoit de vous mettre en repos, afin d'y être auſſi ſur votre compte.

Lui marquiez-vous beaucoup de reconnoiſſance, ce qui l'en flattoit le plus, c'eſt que c'étoit ſigne que vous étiez content.

Quand on remercie tant d'un service, apparemment qu'on se trouve bien de l'avoir reçû, & voilà ce qu'elle aimoit à penser de vous : de tout ce que vous lui disiez, il n'y avoit que votre joye qui la récompensoit.

J'oubliois une chose assez singuliere, c'est que quoiqu'elle ne se vantât jamais des belles actions qu'elle faisoit, vous pouviez vous vanter des vôtres avec elle en toute sureté, & sans craindre qu'elle y prît garde ; le plaisir de vous entendre dire que vous étiez bon, ou que vous l'aviez été, lui fermoit les yeux sur votre vanité, ou lui persuadoit qu'elle étoit fort légitime, aussi contribuoit-elle à l'augmenter tant qu'elle pouvoit : oui, vous aviez raison de vous estimer, il n'y avoit rien de plus juste, & à peine pouviez-vous vous trouver autant de mérite qu'elle vous en trouvoit elle-même.

A l'égard de ceux qui s'estiment à propos de rien, qui sont glorieux de leur rang ou de leur richesse, gens insupportables & qui fâchent tout le monde, ils ne fâchoient point Madame de Miran, elle ne les aimoit pas; voilà tout, ou bien elle avoit pour eux une antipathie froide, tranquille & polie.

Les médisans par babil, je veux dire, ces gens à bons mots contre les autres à qui pourtant ils n'en veulent point, la fatiguoient un peu davantage, parce que leur défaut choquoit sa bonté naturelle, au lieu que les glorieux ne choquoient que sa raison & la simplicité de son caractere.

Elle pardonnoit aux grands parleurs, & rioit bonnement en elle-même de l'ennui qu'ils lui donnoient, & dont ils ne se doutoient pas.

Trouvoit-elle des esprits bisarres, entêtez, qui n'entendoient pas raison? elle prenoit patience, & n'en étoit pas moins leur amie; eh bien, c'étoit d'honnêtes gens qui avoient leurs petits défauts, chacun n'avoit-il pas les siens, & voilà qui étoit fini. Tout ce qui n'étoit que faute de jugement, que petitesse d'esprit, bagatelle que cela avec elle; son bon cœur ne l'abandonnoit pour personne, ni pour les menteurs qui lui faisoient pitié, ni pour les fripons qui la scandalisoient sans la rebuter, pas même pour les ingrats qu'elle ne comprenoit pas, elle ne se réfroidissoit que pour les ames malignes; elle auroit pourtant servi les personnes de cette espece, mais à contre-cœur & sans goût: c'étoit-là ses vrais méchans, les seuls qui étoient brouillez avec elle, & contre qui elle avoit une rancune secrette & naturelle qui l'éloignoit d'eux sans retour.

Une coquette qui vouloit plaire à tous les hommes, étoit plus mal dans son esprit qu'une femme qui en auroit aimé quelques-uns plus qu'il ne falloit ; c'est qu'à son gré il y avoit moins de mal à s'égarer qu'à vouloir égarer les autres, & elle aimoit mieux qu'on manquât de sagesse que de caractere, qu'on eût le cœur foible que l'esprit impertinent & corrompu.

Madame de Miran avoit plus de vertus morales que de chrétiennes, respectoit plus les exercices de sa Religion qu'elle n'y satisfaisoit, honoroit fort les vrais dévots sans songer à devenir dévote, aimoit plus Dieu qu'elle ne le craignoit, & concevoit sa justice & sa bonté un peu à sa maniere, & le tout avec plus de simplicité que de philosophie : c'étoit son cœur, & non pas son esprit qui philosophoit là-dessus.

Telle étoit Madame de Miran;

ſur qui j'aurois encore bien des choſes à dire; mais à la fin, je ſerois trop longue ; & ſi par haſard vous trouvez déja que je l'aye été trop, ſongez que c'eſt ma bienfaictrice, & que je ſuis bien excuſable de m'être un peu oubliée dans le plaiſir que j'ai eu de parler d'elle.

Il vous revient encore un portrait, celui de la Dame avec qui elle étoit; mais ne craignez rien, je vous en fais grace pour à préſent, & en verité je me l'épargne à moi-même ; car je ſoupçonne qu'il ne ſera pas court non plus qu'il ne ſera pas même aiſé, & il eſt bon que nous reprenions toutes deux haleine. Je vous le dois pourtant, & vous l'aurez pour l'acquit de mon exactitude. Je vois d'ici où je le placerai dans cette quatriéme Partie, mais je vous aſſure que ce ne ſera que dans les dernieres pages, & peut-être ne ſerez-vous pas fâchée de l'y trouver.

Vous pouvez du moins vous attendre à du ſingulier. Vous venez de voir un excellent cœur, celui que j'ai encore à vous peindre le vaudra bien, & ſera pourtant different. A l'égard de l'eſprit, ce ſera toute la force de celui des hommes mêlée avec toute la délicateſſe de celui des femmes.

Continuons mon récit. Bon jour, ma fille, me dit Madame de Miran en entrant dans le Parloir, voici une Dame qui a voulu vous voir, parce que je lui ai dit du bien de vous, & je ſerai ravie auſſi qu'elle vous connoiſſe, afin qu'elle vous aime. Eh bien, Madame, ajoûta-t'elle en s'adreſſant à ſon amie, la voilà : comment la trouvez-vous ? n'eſt-il pas vrai que ma fille eſt gentille ?

Non, Madame, reprit cette amie d'un air careſſant : non, elle n'eſt pas gentille, ce n'eſt pas-là ce qu'il faut dire, s'il vous plaît ; vous en parlez avec la modeſtie d'une mere. Pour moi, qui ſuis une étrangere, il m'eſt permis de dire franchement ce que j'en penſe, & ce qui en eſt ; c'eſt qu'elle eſt charmante, & qu'en verité je ne ſçache point de figure plus aimable, ni d'un air plus noble.

Je baiſſai les yeux à un diſcours ſi flatteur, & je ne ſçûs y répondre qu'en rougiſſant. On s'aſſit, la converſation s'engagea. Y a-t'il rien dans la phyſionomie de Mademoiſelle qui pronoſtique les infortunes qu'elle a eſſuyées, dit Madame Dorſin ? (c'étoit le nom de la Dame en queſtion) mais il faut tôt ou tard que chacun ait ſes malheurs dans ce monde, & voilà les ſiens paſſez, j'en ſuis sûre.

Je le crois auſſi, Madame, répondis-je modeſtement. Puiſque j'ai rencontré Madame, & qu'elle a la bonté de s'intereſſer à moi, c'eſt un grand ſigne que mon bonheur commence. C'étoit de Madame de Miran dont je parlois, comme vous le voyez, & qui avançant ſa main à la grille pour me prendre la mienne, dont je ne pûs lui paſſer que trois ou quatre doigts, me dit : Oui, Marianne, je vous aime, & vous le méritez bien; ſoyez déſormais ſans inquiétude, ce que j'ai fait pour vous n'eſt encore rien; n'en parlons point. Je vous ai appellée ma fille, imaginez-vous que vous l'êtes, & que je vous aimerai autant que ſi vous l'étiez.

Cette réponſe m'attendrit, mes yeux ſe moüillerent : je tâchai de lui baiſer la main, dont elle ne pût à ſon tour m'abandonner que quelques doigts.

L'aimable enfant, s'écria là-deſſus Madame Dorſin! ſçavez-vous bien que je ſuis un peu jalouſe de vous, Madame, & qu'elle vous aime de ſi bonne grace que je prétends en être aimée aussi, moi : faites comme il vous plaira ; vous êtes sa mere, & je veux du moins être son amie : n'y consentez-vous pas, Mademoiselle ?

Moi, Madame, repartis-je, le respect m'empêche de dire qu'oüi, je n'ose prendre cette liberté-là ; mais si ce que vous me dites m'arrivoit, ce seroit encore aujourd'hui un des plus heureux jours de ma vie. Vous avez raison, ma fille, me dit Madame de Miran ; & le plus grand service qu'on puisse vous rendre, c'est de prier Madame de vous tenir parole, & de vous accorder son amitié. Vous la lui promettez, Madame, ajoûta-t'elle, en parlant à Madame Dorsin, qui de l'air du monde le plus prévenant, dit sur le champ : Je la lui donne, mais à condition qu'après vous, il n'y aura personne qu'elle aimera tant que moi.

Non, non, dit Madame de Miran, vous ne vous rendez pas justice; & moi je lui défends bien de mettre entre nous là-dessus la moindre difference, & j'ose vous répondre qu'elle m'obéïra de reste. Je baissai encore les yeux, en disant très-sincerement que j'étois confuse & charmée.

Madame de Miran regarda tout de suite à sa montre: il est plus tard que je ne croyois, dit-elle, & il faut que je m'en aille bien-tôt. Je ne vous vois aujourd'hui qu'en passant, Marianne; j'ai beaucoup de visites à faire: d'ailleurs, je me sens abbatuë, & veux rentrer de bonne heure chez moi. Je n'ai pas fermé l'œil de la nuit, j'ai eu mille choses dans l'esprit qui m'en ont empêché.

Mais en effet, Madame, repris-je, j'ai crû vous voir un peu triste, (& cela étoit vrai) & j'en ai été inquiete; est-ce que vous auriez du chagrin?

Oüi, reprit-elle ; j'ai un fils qui est un fort honnête homme, dont j'ai toujours été très-contente, & dont je ne la suis pas aujourd'hui. On veut le marier, il se présente un parti très-avantageux pour lui. Il est question d'une fille riche, aimable, fille de condition, dont les parens paroissent souhaiter que le mariage se fasse ; mon fils lui-même il y a plus d'un mois, a consenti que des amis communs s'en mêlassent. On l'a mené chez la jeune personne, il l'a vûë plus d'une fois, & depuis quelques semaines il néglige de conclure. Il semble qu'il ne s'en soucie plus, & sa conduite me desole, d'autant plus que c'est une espece d'engagement que j'ai pris avec une famille considerable, à qui je ne sçai que dire pour excuser la tiédeur choquante qu'il montre aujourd'hui.

Elle ne durera pas ; je ne sçaurois le croire, reprit Madame

Dorſin, & je vous le repete encole, votre fils n'eſt point un étourdi ; c'eſt un jeune homme qui a de l'eſprit, de la raiſon, de l'honneur. Vous ſçavez ſa tendreſſe, ſes égards & ſon reſpect pour vous, & je ſuis perſuadée qu'il n'y a rien à craindre. Il viendra demain dîner chez moi, il m'écoute ; laiſſez-moi faire, je lui parlerai : car de dire que cette petite fille dont on vous a parlé, & qu'il a rencontrée en revenant de la Meſſe, l'ait dégoûté du mariage en queſtion, je vous l'ai déja dit, c'eſt ce qui ne m'entrera jamais dans l'eſprit.

En revenant de la Meſſe, Madame, dis-je alors un peu étonnée à cauſe de la conformité que cette avanture avoit avec la mienne, (vous vous ſouvenez que c'étoit au retour de l'Egliſe que j'avois rencontré Valville, ſans compter que le mot de petite fille étoit aſſez dans le vrai ?

Oüi, en revenant de la Messe, me répondit Madame Dorsin, ils en sortoient tous deux, & il n'y a pas d'apparence qu'ils se soient vûs depuis.

Eh! que sçait-on? on la fait si jolie que cela m'allarme, repartit Madame de Miran; & puis vous sçavez quand elle fut partie, les mesures qu'il prit pour la connoître.

Des mesures, autre motif pour moi d'écouter.

Eh! mon Dieu, Madame, à quoi vous arrêtez-vous-là, s'écria Madame Dorsin? Elle est jolie, à la bonne heure; mais y a-t'il moyen de penser qu'une grisette lui ait tourné la tête? car il n'est question que d'une grisette, ou tout au plus de la fille de quelque petit Bourgeois, qui s'étoit mise dans ses beaux atours à cause du jour de Fête.

Un jour de Fête! ah, Seigneur! quelle

quelle date : eſt-ce que ce ſeroit moi, dis-je encore en moi-même toute tremblante, & n'oſant plus faire de queſtions ?

Oh ! je vous demande, ajoûta Madame Dorſin, ſi une fille de quelque diſtinction va ſeule dans les ruës, ſans Laquais, ſans quelqu'un avec elle, comme on a trouvé celle-cy, à ce qu'on vous a dit ; & qui plus eſt, c'eſt qu'elle ſe jugea elle-même, & qu'elle vit bien que votre fils ne lui convenoit pas, puiſqu'elle ne voulut ni qu'on la ramenât, ni dire qui elle étoit, ni où elle demeuroit : ainſi quand on le ſuppoſeroit ſi amoureux d'elle, où la retrouvera-t'il ? Il a pris des meſures, dites-vous ; ſes Gens rapportent qu'il fit courir un Laquais après le Fiacre qui l'emmenoit. (Ah ! que le cœur me battit ici :) mais, eſt-ce qu'on peut ſuivre un Fiacre ? & d'ailleurs ce même Laquais que vous avez interrogé vous a dit qu'il avoit eu beau courir après, & qu'il l'avoit perdu de vûë.

Bon, tant mieux, pensois-je ici, ce n'est plus moi; le Laquais qui me suivit me vit descendre à ma porte.

Ce garçon vous trompe, continua Madame Dorsin; il est dans la confidence de son Maître, dites-vous.

Ahi, ahi! cela se pourroit bien, c'est moi qui me le disois.

Eh bien, soit, je veux qu'il ait vû arrêter le Fiacre, (c'est la Dame qui parle) & que votre fils ait sçû où demeure la petite fille: qu'en concluez-vous? qu'il s'est pris de belle passion pour elle, qu'il va lui sacrifier sa fortune & sa naissance, qu'il va oublier ce qu'il est, ce qu'il vous doit, ce qu'il se doit à lui-même, & qu'il ne veut plus ni aimer, ni épouser qu'elle? En verité, est-ce-là votre fils? Le reconnoiſſez-vous à de pareilles extravagances ? Eh ! c'eſt à peine ce qu'on pourroit craindre d'un imbécile, ou d'un écervelé reconnu pour tel. Je veux croire que la fille lui a plû, mais de la façon dont lui devoit plaire une fille de cette ſorte-là, à qui on ne s'attache point, & qu'un homme de ſon âge & de ſa condition tâche de connoître par goût de fantaiſie, & pour voir juſqu'où cela le menera ; c'eſt tout ce qu'il en peut être. Ainſi ſoyez tranquille, je vous garantis que nous le marierons, ſi nous n'avons que les charmes de la petite Avanturiere à combattre : voilà quelque choſe de bien redoutable.

Petite Avanturiere, le terme étoit encore de mauvaiſe augure. Je ne m'en tirerai jamais, me diſois-je ; cependant ſi ces Dames en étoient demeurées-là, je n'aurois ſçû affirmativement ni qu'eſperer, ni que craindre ; mais Madame de Miran va éclaircir la chose.

Je serois assez de votre avis, répondit-elle d'un air inquiet, si on ne disoit pas que mon fils n'est triste & de méchante humeur que depuis le jour de cette malheureuse avanture, & il est constant que je l'ai trouvé tout changé. Mon fils est naturellement gai, vous le sçavez, & je ne le vois plus que sombre, que distrait, que rêveur ; ses amis même s'en apperçoivent. Le Chevalier qu'il ne quittoit point, & avec qui il est si lié, le fatigue & l'importune ; il lui fit dire hier qu'il n'y étoit pas. Ajoûtez à cela les courses de ce même Laquais dont je vous ai parlé, que mon fils dépêche quatre fois par jour, & avec qui quand il revient il a toujours de fort longs entretiens. Ce n'est pas là tout, j'oubliois de vous dire une chose : c'est que j'ai été ce matin parler au Chirurgien, qu'on alla chercher pour viſiter le pied de la petite perſonne.

Oh ! pour le coup, me voici comme dans mon quadre. A l'article du pied, figurez-vous la pauvre petite orpheline anéantie ; je ne ſçai pas comment je pûs reſpirer avec l'effroyable battement de cœur qui me prit.

Ah ! c'eſt donc moi, me dis-je : il me ſembla que je ſortois de l'Egliſe, que je me voyois encore dans cette ruë où je tombai avec ces maudits habits que Climal m'avoit donnez, avec toutes ces parures qui me valoient le titre de griſette, en ſes beaux atours des jours de Fête.

Quelle ſituation pour moi, Madame ! & ce que j'y ſentois de plus humiliant & de plus fâcheux, c'eſt que cet air ſi noble & ſi diſtingué que Madame Dorſin en entrant avoit dit que j'avois, & que Madame de Miran me trouvoit auſſi, ne tenoit à rien dès qu'on me connoîtroit : m'appartenoit-il de venir rompre un mariage tel que celui dont il étoit question ?

Oüi, Marianne avoit l'air d'une fille de condition, pourvû qu'elle n'eût point d'autre tort que d'être infortunée, & que ses graces n'eussent causé aucun désordre ; mais Marianne aimée de Valville, Marianne coupable du chagrin qu'il donnoit à sa mere, pouvoit fort bien redevenir grisette, avanturiere & petite fille, dont on ne se soucieroit plus, qui indigneroit, & qui étoit bien hardie d'oser toucher le cœur d'un honnête homme.

Mais achevons d'écouter Madame de Miran, qui continuë, à qui dans la suitte de son discours il échappera quelques traits qui me ranimeront, & qui en est au Chirurgien à qui elle alla parler.

Et qui m'a dit de bonne foi,

continua-t'elle, que la jeune enfant étoit fort aimable, qu'elle avoit l'air d'une fille de très-bonne famille, & que mon fils dans toutes ces façons avoit marqué un vrai respect pour elle, & c'est ce respect qui m'inquiéte : j'ai peine, quoique vous disiez, à le concilier avec l'idée que j'ai d'une grisette. S'il l'aime, & qu'il la respecte, il l'aime donc beaucoup ; il l'aime donc d'une maniere qui sera dangereuse, & qui peut le mener très-loin. Vous concevez bien d'ailleurs que tout cela n'annonce pas une fille sans éducation & sans mérite ; & si mon fils a de certains sentimens pour elle, je le connois, je n'en espere plus rien ; ce sera justement parce qu'il a des mœurs, de la raison, & le caractere d'un honnête homme, qu'il n'y aura presque pas de remede à ce miserable penchant qui l'aura surpris pour elle, s'il la croit digne de sa tendresse & de son estime.

Or, mettez-vous à la place de l'orpheline, & voyez, je vous prie, que de tristes considerations à la fois : doucement pourtant, il s'y en joignoit une qui étoit bien agréable.

Avez-vous pris garde à cette mélancholie, où, disoit-on, Valville étoit tombé depuis le jour de notre connoissance ? Avez-vous remarqué ce respect que le Chirurgien disoit qu'il avoit eu pour moi ? Vraiment, mon cœur tout troublé, tout effrayé qu'il avoit été d'abord, avoit bien recüeilli ces petits traits-là, & ce que Madame de Miran avoit conclu de ce respect, ne lui étoit pas échappé non plus.

S'il la respecte, il l'aime donc beaucoup, avoit-elle dit, & j'étois tout-à-fait de son avis ; la consequence me paroissoit fort sensée & fort satisfaisante : de sorte qu'en ce moment j'avois de la honte, de l'inquiétude & du plaisir ; mais ce plaisir étoit si doux, cette idée d'être véritablement aimée de Valville eut tant de charmes, m'inspira des sentimens si désinteressez & si raisonnables, me fit penser si noblement ; enfin, le cœur est de si bonne composition quand il est content en pareil cas, que vous allez être édifiée du parti que je pris : oüi, vous allez voir une action qui prouva que Valville avoit eu raison de me respecter.

Je n'étois rien, je n'avois rien qui pût me faire considerer ; mais à ceux qui n'ont ni rang, ni richesses qui en imposent, il leur reste une ame, & c'est beaucoup ; c'est quelquefois plus que le rang & la richesse, elle peut faire face à tou. Voyons comment la mienne me tira d'affaire.

Madame Dorsin repliqua encore quelque chose à Madame de

Miran sur ce qu'elle venoit de dire.

Cette derniere se leva pour s'en aller, & dit : Puisqu'il dîne demain chez vous, tâchez donc de le disposer à ce mariage : pour moi, qui ne puis me rassurer sur l'avanture en question, j'ai envie à tout hasard de mettre quelqu'un après mon fils, ou après son Laquais ; quelqu'un qui les suive l'un ou l'autre, & qui me découvre où ils vont : peut-être sçaurai-je par-là quelle est la petite fille, supposez qu'il s'agisse d'elle, & il ne sera pas inutile de la connoître. Adieu, Marianne, je vous reverrai dans deux ou trois jours.

Non, lui dis-je, en laissant tomber quelques larmes ; non, Madame, voilà qui est fini ; il ne faut plus me voir, il faut m'abandonner à mon malheur ; il me suit par tout, & Dieu ne veut pas que j'aye jamais de repos.

Quoi ! que voulez-vous dire, me répondit-elle ? Qu'avez-vous, ma fille ? D'où vient que je vous abandonnerois ?

Ici mes pleurs coulerent avec tant d'abondance, que je restai quelque-tems sans pouvoir prononcer un mot.

Tu m'inquietes, ma chere enfant ; pourquoi donc pleures-tu, ajoûta-t'elle en me présentant sa main comme elle avoit déja fait quelques momens auparavant ? Mais je n'osois plus lui donner la mienne. Je me reculois honteuse, & avec des paroles entre-coupées de sanglots : hélas, Madame ! arrêtez, lui dis-je : vous ne sçavez pas à qui vous parlez, ni à qui vous témoignez tant de bontez. Je crois que c'est moi qui suis votre ennemie, que c'est moi qui vous cause le chagrin que vous avez.

Comment, Marianne, reprit-elle étonnée, vous êtes celle que

Valville a rencontrée, & qu'on porta au logis ? Oüi, Madame, c'est moi-même, lui dis-je, je ne suis pas assez ingrate pour vous le cacher; ce seroit une trahison affreuse après tous les soins que vous avez pris de moi, & que vous voyez bien que je ne mérite pas, puisque c'est un malheur pour vous que je sois au monde, & voilà pourquoi je vous dis de m'abandonner. Il n'est pas naturel que vous teniez lieu de mere à une fille orpheline que vous ne connoissez pas, pendant qu'elle vous afflige, & que c'est pour l'avoir vûë que votre fils refuse de vous obéïr. Je me trouve bien confuse de voir que vous m'ayez tant aimée, vous qui devez me vouloir tant de mal. Hélas ! vous vous y êtes bien trompée, & je vous en demande pardon.

Mes pleurs continuoient; ma bienfaictrice ne me répondoit point ; mais elle me regardoit d'un air attendri, & presque la larme à l'œil elle-même.

Madame, lui dit son amie en s'essuyant les yeux, en verité, cette enfant me touche ; ce qu'elle vient de vous dire est admirable : voilà une belle ame, un beau caractere !

Madame de Miran se taisoit encore, & me regardoit toujours.

Vous dirai-je à quoi je pense, reprit tout de suite Madame Dorsin : vous êtes le meilleur cœur du monde, & le plus généreux ; mais je me mets à votre place, & après cet évenement-cy, il se pourroit fort bien que vous eussiez quelque répugnance à la voir davantage ; il faudra peut-être que vous preniez sur vous pour lui continuer vos soins. Voulez-vous me la laisser, je me charge d'elle en attendant que tout ceci se passe. Je ne prétends pas vous l'ôter, elle y perdroit trop, & je vous la rendrai dès que le mariage de votre fils ſera conclu, & que vous me la redemanderez.

A ce diſcours, je levai les yeux ſur elle d'un air humble & reconnoiſſant, à quoi je joignis une très-humble & très-legere inclination de tête; je dis legere, parce que je compris dans mon cœur que je devois la remercier avec diſcretion, & qu'il falloit bien paroître ſenſible à ſes bontez; mais non pas faire penſer qu'elles me conſolaſſent, comme en effet elles ne me conſoloient pas. J'accompagnai le tout d'un ſoûpir, après quoi Madame Dorſin reprenant la parole, dit à ma bienfaictrice: Voyez, conſultez-vous.

De grace, un moment, répondit Madame de Miran; tout à l'heure je vais vous répondre: laiſſez-moi auparavant m'informer d'une choſe.

Marianne, me dit-elle, n'avez-vous point eu de nouvelles de mon fils depuis que vous êtes ici ?

Hélas ! Madame, répondis-je, ne m'interrogez point là-dessus ; je suis si malheureuse que je n'aurai encore que des sujets de douleur à vous donner, & vous n'en serez que plus en colere contre moi ; il est juste que vous m'ôtiez votre amitié, & que vous laissiez-là une fille qui vous est si contraire ; mais il ne vous servira de rien de la haïr davantage, & je voudrois pouvoir m'exempter de cela : ce n'est pas que je refuse de vous dire la verité ; je sçai bien que je suis obligée de vous la dire, c'est la moindre chose que je vous doive ; mais ce qui me retient, c'est la peine qu'elle vous fera, c'est la rancune que vous en prendrez contre moi, & toute l'affliction que j'en aurai moi-même.

Non, ma fille, non, reprit Madame de Miran, parlez hardiment, & ne craignez rien de ma part ; Valville sçait-il où vous êtes? est-il venu ici ?

Ce discours redoubla mes larmes ; je tirai ensuite de ma poche la Lettre que j'avois reçûe de Valville, & que je n'avois pas décachetée, & la lui presentant d'une main tremblante.

Je ne sçai, lui dis-je, à travers mes sanglots, comment il a découvert que je suis ici, mais voilà ce qu'il vient de me donner lui-même.

Madame de Miran la prit en soupirant, l'ouvrit, la parcourut, & jetta les yeux sur son amie qui fixa aussi les siens sur elle ; elles furent toutes deux assez long-tems à se regarder sans se rien dire, il me sembla même que je les vis pleurer un peu, & puis Madame Dorsin en secouant la tête: Ah ! Madame, dit-elle, je vous demandois Marianne, mais je ne

l'aurai

l'aurai pas, je vois bien que vous la garderez pour vous.

Oui, c'eſt ma fille plus que jamais, répondit ma bienfaictrice, avec un attendriſſement qui ne lui permit de dire que ce peu de mots; & ſur le champ elle me tendit une troiſiéme fois la main que je pris alors du mieux que je pus, & que je baiſai mille fois à genoux, ſi attendrie moi-même, que j'en étois comme ſuffoquée. Il ſe paſſa en même tems un moment de ſilence qui fut ſi touchant, que je ne ſçaurois encore y penſer ſans me ſentir remuée juſqu'au fond de l'ame.

Ce fut Madame Dorſin qui le rompit la premiere. Eſt-ce qu'il n'y a pas moyen que je l'embraſſe, s'écria-t-elle? je n'ai de ma vie été ſi émue que je le ſuis; je ne ſçai plus qui des deux j'aime le plus, ou de la mere, ou de la fille.

Ah-ça, Marianne, me dit Madame de Miran, quand tous nos

mouvemens furent calmez, qu'il ne vous arrive donc plus, tant que je vivrai, de dire que vous êtes orpheline, entendez-vous. Venons à mon fils.

C'eſt ſans doute Madame Dutour, cette Marchande chez qui vous demeuriez, qui lui aura dit où vous êtes.

Apparemment, répondis-je ; je ne le lui ai pourtant pas dit à elle-même, & je n'avois garde, puiſque j'ignorois le nom du Couvent quand j'y ſuis entrée ; mais l'homme dont j'ai été obligée de me ſervir pour faire porter mes hardes ici, eſt de ſon quartier ; ce ſera lui qui le lui aura appris, & puis Monſieur de Valville qui me fit ſuivre par un Laquais, lorſque je ſortis de chez lui en fiacre, & qui a ſçû que j'étois deſcendue chez Madame Dutour, a ſans doute interrogé cette bonne Dame, qui n'aura pas manqué de lui apprendre tout ce qu'elle en ſçavoit, c'eſt ce que j'en puis juger; car pour moi, il n'y a point de ma faute, je n'ai contribué en rien à tout ce qui eſt arrivé, & une marque de cela, c'eſt que depuis ce tems-là je n'ai entendu parler de Monſieur de Valville que d'aujourd'hui; il ne m'a donné ſa Lettre que cet après-midi, encore ne me l'a-t-il rendue que par fineſſe.

Je n'eus pas plutôt lâché ce dernier mot, que j'en ſentis toute la conſequence: c'étoit engager Madame de Miran à m'en demander l'explication, & le déguiſement de Valville étoit un article que j'aurois peut-être pû ſouſtraire à ſa connoiſſance, ſans bleſſer la ſincerité dont je me piquois avec elle, & j'étois indiſcrette, à force de candeur.

Mais enfin le mot étoit dit, & Madame de Miran n'avoit plus beſoin que je l'expliquaſſe, elle ſçavoit déja ce qu'il ſignifioit ; par fineſſe ! me répondit-elle, je ſuis donc au fait, & voici comment.

C'eſt qu'en ſortant de carroſſe dans la cour du Couvent, j'ai vû par hazard un jeune homme en livrée qui deſcendoit de ce parloir-ci, & j'ai trouvé qu'il reſſembloit tant à mon fils, que j'en ai été frappée, j'ai même penſé vous le dire, Madame ; à la fin pourtant j'ai regardé cela comme une choſe ſinguliere à laquelle je n'ai plus fait d'attention ; mais à preſent, Marianne, que je ſçai que mon fils vous aime, je ne doute pas qu'au lieu d'un homme qui lui reſſembloit, ce ne ſoit lui-même que j'ai vû tantôt, n'eſt-il pas vrai ?

Hélas ! Madame, lui dis-je, après avoir heſité un inſtant, à peine arrivoit-il quand vous êtes venue ; j'ai pris ſa Lettre ſans le regarder, & je ne l'ai reconnu qu'à un regard qu'il m'a jetté en partant; je me ſuis écriée de ſurpriſe, on vous a annoncée, & il s'eſt retiré.

Du caractere dont il eſt, dit alors Madame de Miran, en parlant à ſon amie, il faut que Marianne ait fait une prodigieuſe impreſſion ſur ſon cœur; voyez à quoi il a pû ſe réſoudre, & quelle démarche : prendre une livrée !

Oui, reprit Madame Dorſin, cette action-là conclut qu'il l'aime beaucoup aſſurément, & voilà une phyſionomie qui le conclut encore mieux.

Mais ce mariage qui eſt preſqu'arrêté, Madame, dit ma bienfaictrice, cet engagement que j'ai pris de ſon propre aveu, comment s'en tirer? jamais Valville ne terminera; je vous dirai plus, c'eſt que je ſerois fâchée qu'il épouſât cette fille, prévenu d'une auſſi forte paſſion que celle-ci me le paroît. Oh! comment le guérir de cette paſſion ?

L'en guérir, nous aurions de la peine, repartit Madame Dorſin, mais je crois qu'il ſuffira de rendre cette paſſion raiſonnable, & nous le pourrons avec le ſecours de Mademoiſelle; c'eſt un bonheur que nous ayons affaire à elle, nous venons de voir un trait du caractere de ſon cœur qui prouve de quoi ſa tendreſſe & ſa reconnoiſſance la rendront capable pour une mere comme vous; or pour déterminer votre fils à remplir vos engagemens & les ſiens, il ne s'agit de la part de votre fille que d'un procedé qui ſera bien digne d'elle, c'eſt qu'il eſt ſeulement queſtion qu'elle lui parle elle-même, il n'y a qu'elle qui puiſſe lui faire entendre raiſon. Il vous obéiroit pourtant ſi vous l'exigiez, j'en ſuis perſuadée, il vous reſpecte trop pour ſe révolter contre vous; mais comme vous dites fort bien, vous ne voulez pas le forcer, & vous pensez juste ; vous n'en feriez qu'un homme malheureux qui le deviendroit par complaisance pour vous, qui ne se consoleroit pas de l'être devenu, parce qu'il diroit toujours, je pouvois ne pas l'être ; au lieu que Marianne par mille raisons sans réplique qu'elle sçaura lui dire avec douceur, qu'elle peut même paroître lui dire avec regret, en fera un homme bien convaincu qu'il l'aimeroit en vain, qu'elle n'est pas en état de l'aimer, & par-là lui calmera le cœur & le consolera de la nécessité où il s'est mis d'épouser la jeune personne qu'on lui destine ; de sorte qu'alors ce sera lui qui se mariera, & non pas vous qui le marierez. Voilà ce qui m'en semble.

C'est fort bien dit, reprit Madame de Miran, & votre idée est très-bonne ; j'y ajouterai ſeulement une choſe.

Ne feroit-il pas à propos pour achever de lui ôter toute eſperance, que ma fille feignît de vouloir être Religieuſe, & ajoutât même qu'à cauſe de ſa ſituation, elle n'a point d'autre parti à prendre. Ce que je dis-là ne ſignifie rien au moins, Marianne, me dit-elle en s'interrompant, ne croyez pas que ce ſoit pour vous inſinuer de quitter le monde ; j'en ſuis ſi éloignée, qu'il faudroit que je vous viſſe la vocation la plus marquée & la plus invincible pour y conſentir, tant j'aurois peur que ce ne fût ſimplement que votre peu de fortune ou l'inquietude de l'avenir, ou la crainte de m'être à charge qui vous y engageât ; entendez-vous, ma fille ? Ainſi ne vous y trompez pas, je n'enviſage ici que mon fils, je ne prétens que vous indiquer le moyen de l'amener

mener à mes fins, & de l'aider à ſurmonter un amour que vous ne méritez que trop qu'il ait pour vous, qu'il ſeroit trop heureux d'avoir pris & dont je ſerois charmée moi-même ſans les uſages & les maximes du monde, qui dans l'infortune où vous êtes ne me permettent pas d'y acquieſcer; hélas! cependant que vous manque-t-il? ce n'eſt, ni la beauté, ni les graces, ni la vertu, ni le bon eſprit, ni l'excellent cœur: & voilà pourtant tout ce qu'il y a de plus rare, de plus précieux, voilà les vraies richeſſes d'une femme dans le mariage, & vous les avez à profuſion; mais vous n'avez pas vingt mille livres de rente, on ne feroit aucune alliance en vous épouſant: on ne connoît point vos parens qui nous feroient peut-être beaucoup d'honneur; & les hommes qui ſont ſots, qui penſent mal, & à qui pourtant je dois compte de mes actions là-dessus, ne pardonnent point aux disgraces dont vous souffrez, & qu'ils appellent des défauts.

La raison vous choisiroit, la folie des usages vous rejette.

Tout ce détail, je vous le fais par amitié, & afin que vous ne regardiez pas les secours que je vous demande contre l'amour de Valville, comme un sujet d'humiliation pour vous.

Eh, mon Dieu ! Madame, ma chere Mere, (puisque vous m'accordez la permission de vous appeller ainsi,) que vous êtes bonne & genereuse, m'écriai-je, en me jettant à ses genoux, d'avoir tant d'attention, tant de ménagement pour une pauvre fille qui n'est rien, & qu'une autre personne que vous ne pourroit plus souffrir; eh, mon Dieu, où serois-je sans la charité que vous avez pour moi ? songez-vous que sans ma mere j'aurois actuellement la confusion de demander ma vie à tout le monde; & malgré cela, vous avez peur de m'humilier? y a-t'il encore sur la terre un cœur comme le vôtre?

Eh! ma fille, s'écria-t'elle à son tour, qui est-ce qui n'auroit pas le cœur bon avec toi? chere enfant, tu m'enchantes. Oh, elle vous enchante, à la bonne heure, dit alors Madame Dorsin; mais finissez toutes deux, car je n'y sçaurois tenir, vous m'attendrissez trop.

Revenons donc à ce que nous disions, reprit ma bienfaictrice. Puisque nous décidons qu'elle parlera à Valville, attendra-t'elle qu'il revienne la voir, ou pour aller plus vîte, ne vaut-il pas mieux qu'elle lui écrive de venir?

Sans difficulté, dit Madame Dorsin, qu'elle écrive; mais je suis d'avis auparavant que nous sçachions ce qu'il lui dit dans la lettre que vous tenez, & que vous avez lûe tout bas ; c'eſt ce qui reglera ce que nous devons faire. Oui, dis-je auſſi d'un air ſimple & naïf ; il faut voir ce qu'il penſe, d'autant plus que j'ai oublié de vous dire, que je lui écrivis le jour que je vins ici, une heure avant que d'y entrer. Eh pourquoi, Marianne, me dit Madame de Miran ?

Helas ! par neceſſité, Madame, répondis-je ; c'eſt que je lui envoyois un paquet où il y avoit une robe que je n'ai miſe qu'une fois, du linge, & quelque argent ; & comme je ne voulois point garder ces vilains préſens, que je ne ſçavois point la demeure de cet homme riche qui me les avoit donnés, de cet homme de conſideration dont je vous ai parlé, qui avoit fait ſemblant de me mettre par pieté chez Madame Dutour, & qui avoit pourtant des intentions ſi malhonnêtes, j'écrivis à M. de Valville, qui ſçavoit où il demeuroit, pour le prier d'avoir la bonté de lui faire tenir le paquet de ma part.

Eh! par quel hazard, dit Madame de Miran? mon fils sçavoit-il donc la demeure de cet homme-là?

Eh! Madame, vous allez encore être étonnée, répondis-je; il la sçait, parce que c'est son oncle: Quoi, reprit-elle, Monsieur de Climal! C'est lui-même, repris-je. C'étoit à lui que ce bon Religieux, dont je vous ai parlé, m'avoit menée, & ce fut chez vous que j'appris qu'il étoit l'oncle de M. de Valville, parce qu'il y vint une demie-heure après qu'on m'y eût porté le jour de ma chûte; & ce fut lui aussi que M. de Valville surprit l'après-midi à mes genoux chez la Marchande de Linge, dans l'instant qu'il m'entretenoit de son amour pour la premiere fois, & qu'il vouloit, disoit-il, me loger dès le lendemain bien loin de là, afin de me voir plus en ſecret, & de m'éloigner du voiſinage de M. de Valville.

Juſte Ciel, que m'apprenez-vous, s'écria-t'elle! quelle foibleſſe dans mon frere! Madame, ajouta-t'elle à ſon amie; au nom de Dieu ne dites mot de ce que vous venez d'entendre: ſi jamais une avanture comme celle-là venoit à être ſçûe, jugez du tort qu'elle feroit à M. de Climal, qui paſſe pour un homme plein de vertu, & qui en effet en a beaucoup, mais qui s'eſt oublié dans cette occaſion-ci. Le pauvre homme, à quoi ſongeoit-il! allons, laiſſons cela, ce n'eſt pas de quoi il eſt queſtion; voyons la lettre de mon fils.

Elle la r'ouvrit; mais, dit-elle tout de ſuite, en s'arrêtant, il me vient un ſcrupule; faiſons-nous bien de la lire devant Marianne? peut-être aime-t'elle Valville; il y a dans ce billet-ci beaucoup de tendreſſe, elle en sera touchée, & n'en aura que plus de peine à nous rendre le service que nous lui demandons; dis-nous, ma chere enfant, n'y a-t'il point de risque, qu'en devons-nous croire, aimes-tu mon fils?

Il n'importe, Madame, répondis-je, cela n'empêchera pas que je ne lui parle comme je le dois.

Il n'importe, dis-tu; tu l'aimes donc, ma fille, reprit-elle en souriant? Oui, Madame, lui dis-je, c'est la verité; j'ai pris d'abord de l'inclination pour lui, tout d'abord, sans sçavoir que c'étoit de l'amour, je n'y songeois pas; j'avois seulement du plaisir à le voir, je le trouvois aimable, & vous sçavez que je n'avois point tort, car il l'est beaucoup; c'est un jeune homme si doux, si bien fait, qui vous ressemble tant; & je vous ai aimée aussi, dès que je vous ai vûe, c'est la même chose. Madame Dorsin

& elle se mirent à rire là-dessus. Je ne me lasse point de l'entendre, dit la premiere, & je ne pourrai plus me passer de la voir, elle est unique.

Oui, j'en conviens, repartit ma bienfaictrice ; mais je vais pourtant la quereller d'avoir dit à mon fils qu'elle l'aimoit, à cause que c'est un discours indiscret.

Ah, mon Dieu, Madame, jamais, m'écriai-je ! il n'en sçait rien, je n'en ai pas ouvert la bouche ; est-ce qu'une fille ose dire à un homme qu'elle l'aime ? à une Dame encore passe, il n'y a pas de mal ; mais Monsieur de Valville n'en a pas le moindre soupçon, à moins qu'il ne l'ait deviné, & quand il s'en douteroit, cela ne lui servira de rien, Madame, vous le verrez ; je vous le promets, ne vous embarrassez point ; eh bien oui, il est aimable, il faudroit être aveugle pour ne le pas voir ; mais qu'est-ce que cela fait? c'est tout comme s'il ne l'étoit pas plus qu'un autre, je vous assure, je n'y prendrai pas garde, & je serois bien ingrate d'en agir autrement.

Ah, ma chere fille, me dit Madame de Miran! il te sera bien difficile de résoudre ce cœur-là à renoncer à toi; plus je te vois, plus je désespere que tu le puisse. Essayons pourtant, & voyons ce qu'il t'écrit.

La lettre étoit courte, & la voici autant que je puis m'en ressouvenir.

Il y a trois semaines que je vous cherche, Mademoiselle, & que je me meurs de douleur. Je n'ai pas dessein de vous parler de mon amour, il ne mérite plus que vous l'écoutiez; je ne veux que me jetter à vos pieds, que vous montrer l'affliction où je suis de vous avoir offensée; je ne veux que vous demander pardon, non pas dans l'espérance de l'obtenir, mais afin que vous vous vangiez en me le refusant; vous ne sçavez pas combien vous pouvez me punir; il faut que vous le sçachiez, je ne demande que la consolation de vous l'apprendre.

C'étoit-là à peu près ce que contenoit la lettre; elle me pénétra, & j'avoue que mon cœur en secret n'en perdit pas un mot; je crois même que Madame de Miran s'en apperçut; car elle me dit, en me regardant; ma fille, ce billet vous touche, n'est-ce pas? je ne dirai point que non, ma Mere, je ne sçai point mentir, répondis-je; ne craignez rien pourtant, je n'en ferai pas mon devoir avec moins de courage, au contraire.

Mais, repartit-elle, de quelle offense parle-t'il donc? De la mauvaise opinion qu'il témoigna avoir de moi, quand il trouva M. de Climal à mes genoux, répartis-je,

& depuis qu'il a reçu ma lettre où je le priois de remettre le paquet de hardes à ſon oncle, il a bien vû qu'il s'étoit trompé ſur mon compte, & que j'étois innocente ; & voilà pourquoi il a mis qu'il m'a offenſée.

Sur ce pied-là, dit Madame Dorſin, ce qu'il lui écrit marque bien autant de probité que d'amour. J'aime à le voir rendre juſtice à la vertu de Marianne, c'eſt le procedé d'un honnête homme ; & plus il eſtime votre fille, moins elle aura de peine à l'amener à ce que la raiſon & la conjoncture préſente exigent qu'il faſſe, comptez là-deſſus.

Vous me perſuadez, répondit ma bienfaictrice ; mais il eſt tems de nous retirer, finiſſons. Nous convenons donc que Marianne écrira à Valville ; il ne s'agit que d'un mot, lui dis-je, & je puis tout à l'heure l'écrire devant vous, Madame ; voici de l'encre & du papier dans ce Parloir.

Eh bien soit, ma fille, écris, tu as raison, une ligne suffira ; & sur le champ je fis ce billet-ci.

Je n'ai pû vous parler tantôt, Monsieur, & j'aurois pourtant quelque chose à vous dire.

Mais, ma Mere, quand le prierai-je de venir, dis-je alors à Madame de Miran, en m'interrompant?

Demain à onze heures du matin, me répondit-elle.

Et je vous serois obligée, ajoutai-je, en continuant d'écrire, *de venir ici demain à onze heures du matin, je vous attendrai. Je suis...* & toujours Marianne au bas.

Je mis dessus le billet l'adresse telle que ma bienfaictrice me la dicta ; elle se chargea de le cacheter, de le faire porter par quelque domestique du Couvent, à qui elle parleroit en s'en retournant, & je le lui donnai.

Je t'avertis que je me trouverai aussi au rendez-vous, ma fille, me dit-elle, lorsqu'elle me quitta; j'y arriverai seulement quelques instans après lui, pour te laisser le tems de lui dire que je t'ai rencontrée dans ce Couvent, que c'est moi qui t'y ai mise en pension, & que dans nos entretiens le hazard t'a appris que j'étois sa mere, que je t'ai dit qu'il me chagrinoit; que depuis qu'il avoit vû une jeune personne qu'on avoit portée chez moi, & dont tu ajouteras que je t'ai conté l'histoire, il refusoit de terminer un mariage qui étoit arrêté; je me montrerai là-dessus comme si j'arrivois pour te voir, & puis ce sera à toi, ma fille, à achever le reste: adieu, Marianne, jusqu'à demain. Adieu ma chere enfant, me dit aussi Madame Dorsin, je suis votre bonne amie au moins, ne l'oubliez pas, jusqu'au revoir, & ce sera bien-tôt; je veux qu'au premier jour elle vienne dîner avec vous chez moi, Madame, & si vous ne me l'amenez pas, je viendrai la chercher, je vous en avertis.

Je serai de la partie la premiere fois, dit Madame de Miran, après quoi je vous la laisserai tant qu'il vous plaira.

Je ne répondis à tout cela que par un souris, & par une profonde révérence ; elles s'en allerent, & je restai dans une situation d'esprit assez paisible.

Qui m'auroit vûe, m'auroit crû triste ; & dans le fonds je ne l'étois pas, je n'avois que l'air de l'être, & à me bien définir, je n'étois qu'attendrie.

Je soupirois pourtant comme une personne qui auroit eu du chagrin ; peut-être même croyois-je en avoir, à cause de la disposition des choses : car enfin, j'aimois un homme auquel il ne falloit plus penser, & c'étoit-là un sujet de douleur ;

mais d'un autre côté, j'en étois tendrement aimée de cet homme, & c'est une grande douceur ; avec cela on est du moins tranquille sur ce qu'on vaut ; on a les honneurs essentiels d'une avanture, & on prend patience sur le reste.

D'ailleurs, je venois de m'engager à quelque chose de si genereux, je venois de montrer tant de raison, tant de franchise, tant de reconnoissance, de donner une si grande idée de mon cœur, que ces deux Dames en avoient pleuré d'admiration pour moi ; oh ! voyez avec quelle complaisance je devois regarder ma belle ame, & combien de petites vanitez interieures devoient m'amuser, & me distraire du souci que j'aurois pû prendre.

Mais venons aux suites de cet évenement, & passons au lendemain.

Sans doute que ma lettre fut exactement renduë à Valville. C'étoit à onze heures du matin que je l'attendois au Couvent, & il ne manqua pas d'y arriver à l'heure précise.

La premiere fois qu'il m'y avoit vûë, à ce qu'il m'a dit depuis, il avoit crû necessaire de se travestir, par deux raisons. L'une étoit qu'après l'insulte qu'il m'avoit faite, je refuserois de lui parler, s'il me demandoit sous son nom. L'autre, que l'Abbesse voudroit peut-être sçavoir ce qui l'amenoit, & qui il étoit, avant que de me permettre de le voir ; au lieu que toutes ces difficultez n'y seroient plus, dès qu'il paroîtroit sous la figure d'un domestique, qui venoit même de la part de Madame de Miran ; car c'étoit une précaution qu'il avoit prise.

Mais cette fois-ci, il comprit bien par la teneur de mon billet qui étoit simple, que je le dispensois de tout déguisement, & qu'il n'en étoit pas besoin. Il

Il m'a avoüé depuis que le peu de façon que j'y faisois, l'avoit inquieté : & effectivement, ce n'étoit pas trop bon signe, une pareille visite n'avoit plus l'air d'intrigue ; elle étoit trop innocente pour promettre quelque chose de bien favorable.

Quoi qu'il en soit, onze heures venoient de sonner, quand l'Abbesse elle-même vint m'annoncer Valville.

Allez, Marianne, me dit-elle ; c'est le fils de Madame de Miran qui vous demande ; elle me dit hier, après qu'elle vous eût quittée, qu'il viendroit vous voir ; il vous attend.

Le cœur me battit, dès que j'appris qu'il étoit-là ; je vous suis bien obligée, Madame, répondis-je ; j'y vais, & je partis. Mais je marchai lentement pour me donner le tems de me rassurer.

J'allois soûtenir une terrible

ſcene, je craignois de manquer de courage; je me craignois moi-même, j'avois peur que mon cœur ne ſervît lâchement ma bienfaictrice.

J'oubliois encore de vous parler d'un article qui me faiſoit honneur.

C'eſt que j'étois reſtée dans mon negligé, je dis dans le negligé où je m'étois laiſſée en me levant; point d'autre linge que celui avec lequel je m'étois couchée; linge aſſez blanc, mais toûjours flétri, qui ne vous pare point quand vous êtes aimable, & qui vous dépare un peu quand vous ne l'êtes point.

Joignez-y une robe à l'avenant, & qui me ſervoit le matin dans ma chambre. Je n'avois en un mot que les graces que je n'avois pû m'ôter, c'eſt-à-dire, celles de mon âge & de ma figure, avec leſquelles je pourrai encore me ſoûtenir, me diſois-je bien ſecretement en moi-même, & ſi ſecretement que je n'y faisois pas d'attention, quoique cela m'aidât à renoncer aux agrémens que je ne me donnois pas, & dont je faisois un sacrifice à Madame de Miran.

Ce n'est pas qu'elle eût songé à me dire, ne vous ajustez point ; mais je suis sûre que dès qu'elle m'auroit vûe ajustée, elle auroit tout d'un coup songé que je ne devois pas l'être.

Enfin, je parus, me voilà dans le Parloir où je trouvai Valville.

Qu'il étoit bien mis, lui, qu'il avoit bonne mine : helas ! qu'il avoit l'air tendre & respectueux, que je lui sentis d'envie de me plaire, & qu'il étoit flateur pour une fille comme Marianne, de voir qu'un homme comme lui mît sa fortune à trouver grace devant elle ; car ce que je dis-là étoit écrit dans ses yeux ; Valville ne sembloit respirer que ce sentiment-là.

Il tenoit une lettre à la main,

c'étoit la mienne, celle où je lui avois mandé de venir.

Je ne ſçai, dit-il, en me montrant cette lettre qu'il baiſa, ſi je dois me réjouir, ou m'affliger, de l'ordre que j'ai reçû de votre part dans ce billet; mais je n'y obéis pas ſans inquiétude.

Et il falloit voir avec quelle timidité, avec quel air de défiance ſur ſon ſort, il me tenoit ce diſcours.

Monſieur, lui répondis-je, extrêmement émûe de tout ce que ſon abord avoit de tendre & de charmant, aſſoyez-vous.

Il fallut enſuite que je repriſſe haleine; il s'aſſit.

Oui, Monſieur, continuai-je, d'une voix encore un peu tremblante. J'ai à vous parler: eh bien, Mademoiſelle, répartit-il, tout tremblant à ſon tour, de quoi s'agit-il; que m'annoncez-vous par ce début? votre Abbeſſe ſçait apparemment la viſite que je vous rends.

Oui, Monſieur, lui dis-je ; c'eſt elle-même qui en vous nommant, eſt venue m'avertir que vous me demandiez.

En me nommant, s'écria-t'il ! eh comment cela ſe peut-il ? je ne la connois point, je ne l'ai jamais vûe ; vous lui avez donc dit qui j'étois, vous êtes donc convenues enſemble que vous m'enverriez chercher.

Non, Monſieur, je ne lui ai rien confié ; tout ce qu'elle ſçavoit, c'eſt que vous deviez venir ; & c'eſt une autre que moi qui l'en a inſtruite ; mais de grace, écoutez-moi.

Vous voulez me perſuader que vous m'aimez, & je crois que vous dites vrai ; mais quel deſſein pouvez-vous avoir en m'aimant ?

Celui de n'être jamais qu'à vous, me répondit-il froidement, mais d'un ton ferme & déterminé ; celui de m'unir à vous par tous les liens de l'honneur, & de la Religion; s'il y en avoit de plus forts, je les prendrois, ils me feroient encore plus de plaisir; & en verité ce n'étoit pas la peine de me demander mon dessein; je ne pense pas qu'il puisse en venir d'autre dans l'esprit d'un homme qui vous aime, Mademoiselle; mes intentions ne sçauroient être douteuses, il ne reste plus qu'à sçavoir si elles vous seront agréables, & si je pourrai obtenir de vous, ce qui sera le bonheur de ma vie.

Quel discours, Madame! je sentis que les larmes m'en venoient aux yeux; je crois même que je soupirai, il n'y eut pas moyen de m'en empêcher, mais je soupirai le plus bas qu'il me fut possible; & sans oser lever les yeux sur lui.

Monsieur, lui dis-je, ne vous ai-je pas dit les malheurs que j'ai essuyés dès mon enfance; je ne sçai point de qui je suis née, j'ai perdu mes parens sans les connoître, je n'ai ni bien ni famille, & nous ne sommes pas faits l'un pour l'autre; d'ailleurs, il y a encore des obstacles insurmontables.

Je vous entends, me dit-il, de l'air d'un homme consterné, c'est que votre cœur se refuse au mien.

Non, ce n'est point cela, lui dis-je, sans pouvoir poursuivre. Ce n'est point cela, Mademoiselle, me répondit-il, & vous me parlez d'obstacle.

Nous en étions-là de notre conversation, quand Madame de Miran entra : jugez de la surprise de Valville.

Quoi, c'est ma mere, s'écria-t'il en se levant! ah! Mademoiselle, tout est concerté; oui, mon fils, lui dit-elle, d'un ton plein de douceur & de tendresse, nous voulions vous le cacher; mais je vous l'avoue de bonne foi; je sçavois que vous deviez être ici, & nous étions convenues que je m'y rendrois : ma chere fille, ajouta-t'elle, en s'adressant à moi, Valville est-il au fait, l'as-tu instruit ?

Non, ma mere, lui dis-je, fortifiée par sa présence, & ranimée par la façon affectueuse dont elle me parloit devant lui : non, je n'ai pas eu le tems ; Monsieur ne venoit que d'entrer, & notre entretien ne faisoit que commencer, quand vous êtes arrivée ; mais je vais lui conter tout devant vous, ma mere.

Et sur le champ ; vous voyez, Monsieur, dis-je à Valville, qui ne sçavoit ce que nous voulions dire, avec ces noms que nous nous donnions ; vous voyez comment Madame de Miran me traite ; ce qui vous marque bien les bontez qu'elle a pour moi, & même les obligations que je lui ai. Je lui en ai tant que cela n'est pas croyable, &

& vous ſeriez le premier à dire que je ſerois indigne de vivre, ſi je ne vous conjurois pas de ne plus ſonger à moi: Valville à ces mots baiſſa la tête, & ſoupira.

Attendez, Monſieur, attendez, repris-je, c'eſt vous-même que je prens pour juge dans cette occaſion-ci.

Il n'y a qu'à conſiderer qui je ſuis, je vous ai déja dit que j'ai perdu mon pere & ma mere, ils ont été aſſaſſinés dans un voyage dont j'étois avec eux dès l'âge de deux ans, & depuis ce tems, voici, Monſieur, ce que je ſuis devenue. C'eſt la ſœur d'un Curé de campagne qui m'a élevée par compaſſion. Elle eſt venue à Paris avec moi pour une ſucceſſion qu'elle n'a pas recueillie; elle y eſt morte, & m'y a laiſſée ſeule & ſans ſecours dans une Auberge. Son Confeſſeur qui eſt un bon Religieux m'en a tirée pour me presenter à Monsieur de Climal votre oncle; Monsieur de Climal m'a mise chez une Lingere, & m'y a abandonnée au bout de trois jours, je vous ai dit pourquoi en vous priant de lui remettre ses presens. La Lingere me dit qu'il falloit prendre mon parti, je sortis pour informer ce Religieux de mon état, & c'est en revenant de chez lui que j'entrai dans l'Eglise de ce Convent-ci pour cacher mes pleurs qui me suffoquoient; ma mere qui est presente y arriva après moi; & c'est une grace que Dieu ma faite, elle me vit pleurer dans un confessionnal; je lui fis pitié, & je suis pensionnaire ici depuis le même jour; c'est-elle qui paye ma pension, qui m'a habillée, qui m'a fourni de tout abondamment magnifiquement, avec des manieres, des tendresses, des caresses qui font que je ne sçaurois y penser sans fondre en larmes; elle vient me voir, elle me parle, elle me cherit, & en agit avec moi comme si j'étois votre sœur; elle m'a même deffenduë de songer que je suis orpheline, & elle a bien raison; je ne dois plus me ressouvenir que je le suis; cela n'est plus vrai. Il n'y a peut-être point de fille avec la meilleure mere du monde qui soit si heureuse que moi; ma bienfaictrice & son fils à cet endroit de mon discours me parurent émus jusqu'aux larmes.

Voilà ma situation, continuai-je, voilà où j'en suis avec Madame de Miran; vous qui, à ce qu'on dit, êtes un jeune homme plein de raison & de probité; comme il me l'a semblé aussi: parlez-moi en conscience, Monsieur, vous m'aimez, que me conſeillez-vous de faire de votre amour après ce que je viens de vous dire. Il faut regarder que les malheureux à qui on fait la charité ne ſont pas ſi pauvres que moi ; ils ont du moins des freres, des ſœurs, ou quelques autres parens ; ils ont un pays, ils ont un nom avec des gens qui les connoiſſent, & moi je n'ai rien de tout cela, n'eſt-ce pas là être plus miſerable & plus pauvre qu'eux.

Va ma fille, me dit Madame de Mira., acheve & ne t'arrête point là-deſſus : non ma mere, repris-je, laiſſez-moi dire tout, je ne dis rien que de vrai, Monſieur, & cependant vous me demandez mon cœur pour m'épouſer ; ne ſeroit-ce pas là un beau preſent que je vous ferois, ne ſeroit-ce pas une cruauté à moi que de vous le donner ; eh ! mon Dieu quel cœur vous donnerois-je, ſinon celui d'une étourdie, d'une évaporée, d'une fille ſans jugement, ſans conſideration pour vous; il eſt vrai que je vous plais; mais vous ne vous attachez pas à moi, ſeulement à cauſe que je ſuis jolie; ce ne ſeroit pas la peine, & apparamment que vous me croyez d'un bon caractere; & en ce cas, comment pouvez vous eſperer que je conſente à un amour qui vous attireroit le blâme de tout le monde, qui vous brouilleroit avec toute une famille, avec tous vos amis, avec tous les gens qui vous eſtiment, & avec moi auſſi, car quel repentir n'auriez-vous pas quand vous ne m'aimeriez plus, & que vous vous trouveriez le mary d'une femme qui ſeroit mocquée, que perſonne ne voudroit voir, & qui ne vous auroit apporté que du malheur & que de la honte; encore n'eſt-ce rien que tout ce que je dis là, ajoutai-je avec un attendrissement qui me fit pleurer ; à present que je suis si obligée à Madame de Miran, quelle m'échante créature ne serois-je pas, si je vous épousois ; pourriez-vous sentir autre chose pour moi que de l'horreur si j'en étois capable, y auroit-il rien de si abominable que moi sur la terre, sur-tout dans l'occurrence où je sçais que vous êtes, car je suis informée de tout ; ma mere me vint voir hier à son ordinaire, elle étoit triste, je lui demandai ce qu'elle avoit, elle me dit que son fils la chagrinoit, je l'écoutois sans m'attendre que je serois mêlée là-dedans ; elle me dit aussi qu'elle avoit toujours été fort contente de ce fils, mais qu'elle ne le reconnoissoit plus depuis qu'il avoit vû une certaine jeune fille, là-dessus elle me conta notre histoire, & cette jeune fille qui vous dérange, qui fait que vous manquez à votre parole, qui afflige aujourd'hui ma mere, qui lui a ôté le bon cœur & la tendresse de son fils; il se trouve que c'est moi, Monsieur, que c'est cette pensionnaire qu'elle fait vivre, & qu'elle accable de bienfaits; après cela, Monsieur, voyez avec l'honneur, avec la probité, avec le cœur estimable, tendre & genereux que vous avez coutume d'avoir; voyez si vous souhaitez encore que je vous aime, & si vous-même vous auriez le courage d'aimer un monstre comme j'en serois un, si j'écoutois votre amour; non Monsieur, vous êtes touché de ce que je vous apprends, vous pleurez, mais ce n'est plus que de tendresse pour ma mere, & que de pitié pour moi; non ma mere, vous ne seriez plus ni triste ni inquieté; Monsieur de Valville ne voudra pas que je sois davantage le sujet de votre chagrin, c'est une douleur qu'il ne me fera pas à moi-même; je suis bien sûre qu'il ne troublera plus le plaisir que vous avez à me secourir; il y sera sensible au contraire, il voudra y avoir part; il m'aimera encore, mais comme vous m'aimez, il épousera la Demoiselle en question, il l'épousera à cause de lui-même qui le doit, à cause de vous qui lui avoit procuré ce parti pour son bien, & à cause de moi qui l'en conjure comme de la seule marque qu'il peut me donner que je lui ai été veritablement chere; c'est une consolation qu'il ne refusera pas à une fille qui ne sçauroit être à lui, mais qui ne sera jamais à personne, & qui de son côté ne refuse pas de lui dire, que si elle avoit été riche & son égale, elle avoit si bonne opinion de lui qu'elle l'auroit préferé à tous les hommes du monde, c'est une consolation que je veux bien lui donner à mon tour, & je n'y ai pas de regret pourvû qu'il vous contente.

Je m'arrêtai alors & me mis à essuyer les pleurs que je versois; Valville toujours la tête baissée & plongé dans une profonde rêverie, fut quelque tems sans répondre; Madame de Miran le regardoit & attendoit la larme à l'œil qu'il parlât; enfin il rompit le silence, & s'adressant à ma bienfaictrice.

Ma mere, lui dit-il, vous voyez ce que c'est que Marianne; mettez-vous à ma place, jugez de mon cœur par le vôtre, ai-je eu tort de l'aimer, me serat-il possible de ne l'aimer plus; ce qu'elle vient de me dire est-il propre à me détacher d'elle;

que de vertus, ma mere, & il faut que je la quitte, vous le voulez, elle m'en prie, & je la quitterai, j'en épouserai une autre, je serai malheureux, j'y consens, mais je ne le serai pas long-tems.

Ses pleurs coulerent après ce peu de mots, il ne les retint plus; elles attendrirent Madame de Miran qui pleura comme lui & qui ne sçut que dire, nous nous taisions tous trois, on n'entendoit que des soupirs.

Eh! Seigneur, m'écriai-je, avec amour, avec douleur, avec mille mouvemens confus que je ne sçaurois expliquer; eh! mon Dieu, Madame, pourquoi m'avez-vous rencontrée; je suis au desespoir d'être au monde, & je prie le Ciel de m'en retirer; helas, me dit tristement Valville, de quoi vous plaigniez vous, ne vous ai-je pas dit que je vous quitte.

Oüi vous me quittez, lui répondis-je; mais en me le disant, vous désolez ma mere, vous la faites mourir, vous la menacez d'être malheureux, & vous voulez qu'elle se console, vous demandez de quoi nous avons à nous plaindre; eh! qu'exigez-vous de plus que ce que je vous ai dit, quand on est genereux, qu'on est raisonnable, n'y a-t-il pas des choses ausquelles il faut se rendre; eh! bien vous ne m'épouserez pas, mais c'est Dieu qui ne l'a pas permis; mais je n'épouserai personne & vous me serez toujours cher, Monsieur; vous ne me perdez point, je ne vous perds point non plus; je serai Religieuse, mais ce sera à Paris, & nous nous verrons quelquefois, nous aurons tous deux la même mere, vous serez mon frere, mon bienfaicteur, le seul ami que j'aurai sur la terre, le ſeul homme que j'y aurai eſtimé, & que je n'oublierai jamais.

Ah ! ma mere, s'écria encore Valville, en tombant ſubitement aux genoux de Madame de Miran ; je vous demande pardon des pleurs que je vous vois répandre & dont je ſuis cauſe, faites de moi ce qu'il vous plaira, vous êtes la maîtreſſe, mais vous m'avez perdu, vous avez mis le comble à mon admiration pour elle en m'attirant ici ; je ne ſçais plus où je ſuis, ayez pitié de l'état où je me trouve, tout ceci me déchire le cœur, emmenez-moi, ſortons ; j'aime mieux mourir que de vous affliger, mais vous qui avez tant de tendreſſe pour moi ; que voulez-vous que je devienne.

Hélas ! mon fils, que veux-tu que je te réponde, lui dit cette Dame, il faudra voir, je te plains, je t'excuſe, vous me touchez tous deux, & je t'avouë que j'aime autant Marianne que tu l'aime toi-même ; leve-toi, mon fils, ceci n'a pas réussi comme je le croyois, ce n'est pas sa faute, je lui pardonne l'amour que tu as pour elle, & si tout le monde pensoit comme moi, je ne serois gueres embarrassée, mon fils.

A ces derniers mots dont Valville comprit tous le sens favorable, il se rejetta à ses genoux, lui prit une main qu'il baisa mille fois sans parler. Eh bien, Madame, lui dis-je, m'aimerez vous encore, y a-t-il d'autre remede que de m'abandonner.

Le Ciel m'en preserve, ma chere enfant, me répondit-elle, que viens tu me dire, va, encore une fois, sois tranquille, je suis contente de toi mon fils, ajouta-t-elle d'un air de bonté qui me ravit encore, je ne te presse plus de terminer le mariage en question, cela va me brouiller avec d'honnêtes gens, mais je t'aime encore mieux qu'eux.

Vous me rendez la vie, répartit Valville ; je suis le plus heureux de tous les fils, mais ma mere que ferez vous de Marianne, ne me permettez-vous pas de la voir quelquefois : mon fils, lui répondit-elle, tu me demandes plus que je ne sçais, laisse-moi y rêver, nous verrons. Consentez du moins que je l'aime, ajouta-t-il.

Eh ! juste Ciel, à quoi serviroit-il que je te le deffendisse, aime-la mon enfant, aime-la, il en arrivera ce qui pourra, reprit-elle.

J'avois pourtant dit que j'allois être Religieuse, & je pensai le repeter par excès de zele ; mais comme Madame de Miran l'oublioit, je m'avisai tout d'un coup de refléchir que je ne devois pas l'en faire ressouvenir.

Je venois de m'épuiser en generosité, il n'y avoit rien que je n'eusse dit pour détourner Valville de m'aimer; mais s'il plaisoit à Madame de Miran de vouloir bien qu'il m'aimât, si son propre cœur s'attendrissoit jusques-là pour son fils ou pour moi, je n'avois qu'à me taire; ce n'étoit pas à moi à lui dire, Madame, prenez garde à ce que vous faites; cet excès de désinteressement de ma part n'auroit été ni naturel ni raisonnable.

Ainsi je ne dis mot. Elle se leva, quelle dangereuse petite fille tu es, Marianne, me dit elle en se levant; adieu, partons mon fils; & le fils ne cessoit de lui baiser la main qu'il tenoit, ce qui n'étoit pas si mal entendu.

Oüi, oüi, ajouta-t-elle, je comprens bien ce que cela veut

dire, mais je ne déciderai rien; je ne sçais à quoi me resoudre; quelle situation? Adieu, il est tard, va dîner ma fille; je te reverrai bien-tôt. Je la saluai alors sans rien répondre, & comme je paroissois pleurer, & que je m'essuyois les yeux de mon mouchoir; pourquoi pleure-tu, me dit-elle, je n'ai rien à te reprocher, je ne sçaurois te sçavoir mauvais gré d'être aimable; va t'en, tranquillise-toi, donne-moi la main Valville.

Et sur le champ, elle descendit l'escalier, aidée de son fils, qui par discretion ne me parla que des yeux & ne prit congé de moi que par une reverence que je lui rendis d'un air mal assuré, & comme une personne qui avoit peur de s'émanciper trop & d'abuser de l'indulgence de la mere en le saluant.

Me voilà seule & bien plus agitée

gitée que je ne l'avois été la veille lorſque Madame de Miran me quitta.

Auſſi y avoit-il ici matiere à bien d'autres mouvemens. Aime-la, mon enfant, il en arrivera ce qui pourra, avoit dit ma bienfaictrice à ſon fils, & puis nous verrons, je ne ſçais que réſoudre, avoit-elle ajouté ; & dans le fonds c'étoit m'avoir dit à moi-même eſperez ; auſſi eſperois-je, mais en tremblant, mais en me traitant de folle d'oſer eſperer ſi mal à propos, & en pareil cas on ſouffre beaucoup ; il vaudroit mieux ne voir aucune lueur de ſuccès, que d'en voir une ſi foible qui ne vient flatter l'ame que pour la troubler.

Eſt-ce que j'épouſerois Valville, me diſois-je, je ne le croyois pas poſſible, & je ſentois pourtant que ce ſeroit un malheur pour moi ſi je ne l'épouſois pas,

C'eſt là tout ce que mon cœur avoit gagné aux diſcours incertains de Madame de Miran, n'étoit-ce pas là le ſujet d'un tourment de plus.

Je n'en dormis point la nuit ſuivante, j'en dormis mal deux ou trois nuits de ſuite, car je paſſai trois jours ſans entendre parler de rien, & ce ne fut pas, s'il m'en ſouvient, ſans un peu de murmure contre ma bienfaictrice.

Que ne ſe détermine-t-elle donc, diſois-je quelquefois, à quoi bon tant de longueur, & là-deſſus je crois que je boudois contre elle.

Enfin le quatriéme jour arriva, & elle ne paroiſſoit point, mais aulieu d'elle, Valville à trois heures après midi me demanda.

On vint me le dire, & c'étoit me donner la liberté d'aller lui parler. Cependant je n'en usai pas. Je l'aimois, & mille fois plus que je ne l'avois encore aimé ; j'avois une extrême envie de le voir, une extrême curiosité de sçavoir s'il n'avoit rien de nouveau à m'apprendre sur notre amour, & malgré cela je me retins, je refusai de l'aller trouver, afin que si Madame de Miran le sçavoit, elle m'en estimât davantage ; ainsi mon refus n'étoit qu'une ruse ; je fis donc prier Valville de trouver bon que je ne le visse point, à moins qu'il ne vint de la part de sa mere, ce que je ne présumois point, puisqu'elle ne m'avoit pas averti, comme en effet elle ignoroit sa visite.

Valville n'osa me tromper, & fut assez sage pour se retirer. Ce trait de prudence rusée me couta extrêmement ; je commençois à me le reprocher, quand il me fit dire qu'il me reverroit le lendemain avec Madame de Miran, & voici à propos de quoi il pouvoit m'en assurer. C'est que le lendemain il devoit y avoir une cérémonie dans notre Couvent, une jeune Religieuse y faisoit sa profession, & ses parens en avoient invité toute la famille de Valville, la mere, le fils, l'oncle & toute la parenté; ce que j'appris après, & ce que je présumai au moment ou je les vis dans l'Eglise.

Vous sçavez qu'en de pareilles fêtes les Religieuses paroissent à découvert, & qu'on tire le rideau de leur grille, observez aussi que je me mettois ordinairement fort près de cette grille; Madame de Miran étoit arrivée si tard avec toute sa compagnie, qu'elle n'eut que le tems d'entrer tout de suite dans l'Eglise; je vous ai dit que j'ignorois qu'elle fut invitée, & ce fut pour moi une agréable surprise, lorsque je la vis qui traversoit pour venir se placer près de notre grille, un Cavalier d'assez bonne mine, quoi qu'un peu âgé, lui donnoit la main.

Une file d'autres personnes la suivoit à ce qu'il me parut, je ne la quittai point des yeux, elle ne me voyoit point encore.

Enfin elle arrive, & la voilà assise avec le Cavalier à côté d'elle. Ce fut alors qu'à travers ceux qui la suivoient, je demêlai Monsieur de Climal & Valville.

Quoi ! Monsieur de Climal, dis-je en moi même, avec un étonnement, ou peut être entroit-il un peu d'émotion ; ce qui est de certain, c'est que j'aurois mieux aimé qu'il n'eût point été là ; je ne sçavois s'il devoit m'être indifferent qu'il y fût, ou si je devois en être fâchée ; mais à tout prendre, ce n'étoit pas une agréable vision pour moi ; j'avois droit de le regarder comme un méchant homme que ma seule présence déconcerteroit.

Encore ne seroit-ce rien pour lui que l'embarras de me voir, en comparaison des circonstances qui alloient s'y joindre, & des motifs d'inquiétude & de confusion qui alloient l'accabler. Je n'attendois que l'instant de faire ma reverence à Madame de Miran sa sœur, & Madame de Miran ne manqueroit pas d'y répondre avec cet accueil aisé, tendre & familier qui lui étoit ordinaire. Oh ! que penseroit-il de cette familiarité, quelles suites fâcheuses n'en pouvoit-il pas prévoir ; Madame, concevez combien il me trouveroit redoutable pour sa gloire, & combien un méchant qui vous craint est lui-même à craindre.

Et tout ce que je vous dis là m'agitoit confusément.

Son neveu fut le premier qui m'apperçut, & qui me salua avec je ne sçais quel air de gayeté & de confiance qui étoit de bonne augure pour nos affaires. Monsieur de Climal qui s'assoyoit en ce moment ne le vit point me saluer, & parloit au Cavalier qui étoit auprès de Madame de Miran.

Cette Dame les écoutoit & ne regardoit point encore du côté des Religieuses. Enfin elle jetta les yeux sur nous & m'apperçut.

Ce furent aussi-tôt de profondes reverences de ma part, qui m'attirerent de la sienne de ces démonstrations qui se font avec la main, & qui signifioient ah! bon jour, ma chere enfant, te voila; son frere qui tiroit alors de sa poche une espece de breviaire, remarqua ces démonstrations, les suivit de l'œil & vit sa petite Lingere qui ne paroissoit pas avoir beaucoup perdu en le congediant, & dont les ajustemens ne devoient pas lui faire regretter le paquet de hardes malhonnêtes qu'elle lui avoit renvoyées.

Ce pauvre homme, (car l'instant approche ou il meritera que j'adoucisse mes expressions sur son chapitre) ce pauvre homme pour qui par une espece de fatalité, je devois toujours être un sujet d'embarras & d'allarmes, perdit toute contenance en me voyant, & n'eut pas la force de me regarder en face.

Je rougis à mon tour, mais en ennemie hardie & indignée, qui se sent l'avantage d'une bonne conscience, & qui a droit de confondre une ame coupable & au-dessous de la sienne.

Je

Je doutois s'il me ſalueroit ou non, & il n'en fit rien, & je l'imitai par hauteur, par prudence, & même par une ſorte de pitié pour lui, il y avoit de tout cela dans mon eſprit.

Je m'apperçus que Madame de Miran l'obſervoit, & je ſuis perſuadée qu'elle ſentit bien le déſordre où il ſe trouvoit, tant à cauſe de moi qu'à cauſe de Valville, que par bonheur pour lui encore, il croyoit ſeul au fait de ſon indignité. Le ſervice commença, il y eut un Sermon qui fut fort beau, je ne dis pas bon; ce fut avec la vanité de prêcher élegamment qu'on nous prêcha la vanité des choſes de ce monde, & c'eſt là le vice de nombre de Prédicateurs, c'eſt bien moins pour notre inſtruction qu'en faveur de leur orgueil qu'ils prêchent; de ſorte que c'eſt preſque toujours le peché qui prêche la vertu dans nos chaires.

La cérémonie finit, Madame de Miran me demanda, & vint au parloir avant que de partir; elle n'avoit que son fils avec elle, Monsieur de Climal s'étoit déja retiré. Bon jour Marianne; me dit-elle, le reste de ma compagnie m'attend en bas, à l'exception de mon frere qui est parti, & je ne suis montée que pour te dire un mot. Voici Valville qui t'aime toujours, qui me persécute, qui est toujours à mes genoux, pour obtenir que je consente à ses desseins; il dit que je ferois son malheur si je m'y opposois, que c'est une inclination insurmontable, que sa destinée est de t'aimer, & d'être à toi; je me rends, je ne sçaurois dans le fond condamner le choix de son cœur; tu es estimable, & c'est assez pour un homme qui t'aime, & qui est riche. Ainsi mes enfans, aimez-vous, je vous le permets; toute autre mere que moi n'en agiroit pas de même; suivant les maximes du monde, mon fils fait une folie, & je ne suis pas sage de souffrir qu'il la fasse; mais il y va, dit-il, du repos de sa vie, & il me faudroit un autre cœur que le mien pour résister à cette raison là. Je songe que Valville ne blesse point le veritable honneur, qu'il ne s'écarte que des usages établis, qu'il ne fait tort qu'à sa fortune qu'il peut se passer d'augmenter, il assure qu'il ne sçauroit vivre sans toi; je conviens de tout le merite qu'il te trouve, il n'y aura dans cette occasion-ci, que les hommes & leurs coutumes de choqués, Dieu ni la raison ne le seront pas, qu'il poursuive donc, ce sont tes affaires, mon fils; tu es d'une famille considerable, on ne connoît point celle de Marianne, l'orgueil & l'interêt ne veulent point que tu l'épouſe, tu ne les écoute pas, tu n'en crois que ton amour ; je ne ſuis à mon tour ni aſſez orgueilleuſe, ni aſſez intereſſée pour être inéxorable, & je n'en crois que ma bonté, tu m'y forces par la crainte de te rendre malheureux, je ſerois reduite à être ton tyran, & je crois qu'il vaut mieux être ta mere ; je prie le Ciel de benir les motifs qui font que je te cede ; mais quoiqu'il arrive, j'aime mieux avoir à me reprocher mon indulgence qu'une infléxibilité dont tu ne profiterois pas, & dont les ſuites ſeroient peut-être encore plus triſtes.

Valville à ce diſcours pleurant de joye & de reconnoiſſance embraſſa ſes genoux. Pour moi je fus ſi touchée, ſi penétrée, ſi ſaiſie, qu'il ne me fut pas possible d'articuler un mot ; j'avois les mains tremblantes, & je n'exprimai ce que je sentois que par de courts & de frequens soupirs.

Tu ne me dis rien, Marianne, me dit ma bienfaictrice, mais j'entens ton silence, & je ne m'en deffends point, je suis moi-même sensible à la joye que je vous donne à tous deux ; le Ciel pouvoit me reserver une belle fille qui fut plus au gré du monde, mais non pas qui fut plus au gré de mon cœur.

J'éclatai ici par un transport subit ; ah ! ma mere, m'écriai-je, je me meurs, je ne me possede pas de tendresse, & de reconnoissance.

Là, je m'arrêtai, hors d'état d'en dire davantage à cause de mes larmes ; je m'étois jettée à genoux, & j'avois passé une moitié de ma main par la grille pour avoir celle de Madame de Miran qui en effet approcha la sienne ; & Valville éperdu de joye, & comme hors de lui, se jetta sur nos deux mains qu'il baisoit alternativement.

Ecoutez mes enfans, dit Madame de Miran, après avoir regardé quelque tems les transports de son fils. Il faut user de quelque prudence en cette conjoncture-ci ; tant que vous resterez dans ce Couvent, ma fille, je deffends à Valville de vous y venir voir sans moi ; vous avez conté votre histoire à l'Abbesse, elle pourroit se douter que mon fils vous aime, que peut-être j'y consens, elle en raisonneroit avec ses Religieuses qui en parleroient à d'autres, & c'est ce que je veux éviter ; il n'est pas même à propos que vous demeuriez longtems dans cette maison, Marianne, je vous y laisserai encore trois ſemaines ou tout au plus un mois, pendant lequel je vous chercherai un Couvent où l'on ne ſçaura rien des accidens de votre vie, & où ſous un autre nom que le mien je vous placerai moi-même, en attendant que j'aye pris des meſures, & que j'aye vû comment je me conduirai pour préparer les eſprits à votre mariage, & pour empêcher qu'il n'étonne; on vient à bout de tout avec un peu de patience & d'adreſſe, ſur-tout quand on a une mere comme moi pour confidente.

Valville là-deſſus alloit retomber dans ſes remercimens, & moi dans les témoignages de mon reſpect & de ma tendreſſe, mais elle ſe leva, tu ſçais qu'on m'attend, dit-elle à ſon fils, renferme ta joye, je te diſpenſe de me la montrer, je la vois de reſte, deſcendons.

Ma mere, réprit son fils, Marianne sera encore un mois ici, vous me deffendez de la voir sans vous, cela ne veut-il pas dire que je vous accompagnerai quelquefois quand vous viendrez : oüi, oüi, dit-elle, il faudra bien, mais une ou deux fois seulement & pas davantage. Allons, sortons, au nom de Dieu, laisse-moi te conduire; il y aura une difficulté à laquelle je ne songeois pas ; c'est que mon frere connoît Marianne, sçait qui elle est, & peut-être serons-nous obligez de vous marier secrettement ; tu es son héritier, mon fils, c'est à quoi il faut prendre garde ; il est vrai qu'après son avanture avec Marianne, on pourroit esperer de le gagner, de lui faire entendre raison ; & nous nous consulterons sur le parti qu'il y aura à prendre ; il m'aime, il a quelque confiance en moi, je la mettrai à profit, & tout peut s'arranger. Adieu, ma fille, & sur le champ elle se hâta de descendre, & me laissa plus charmée que je n'entreprendrai de le dire.

Je vous ai conté qu'il y avoit trois ou quatre nuits que je n'avois presque pas dormi, de pure inquiétude ; à present, mettez-en pour le moins autant que je passai dans l'insomnie ; rien ne reveille tant qu'une extrême joye, ou que l'attente certaine d'un grand bonheur ; & sur ce pied là jugez si je devois avoir beaucoup de disposition à dormir.

Imaginez-vous ce que je deviens quand je pense que j'épouserai Valville, & combien de fois mon ame en tressaille, & si avec tant de tressaillemens j'avois le sang bien reposé.

Les deux premiers jours je fus

ſimplement enchantée, enſuite il s'y joignit de l'impatience. Oüi, j'épouſerai Valville, Madame de Miran me l'a dit, me l'a promis ; mais cet évenement, quand arrivera-t-il. Je vais demeurer encore un mois ici, on doit me mettre après dans un autre Couvent, afin de prendre des meſures pour ce mariage, mais ces meſures ſeront-elles bien longues à prendre ; ira-t-on vîte, on n'en ſçait rien ; on ne fixe aucun tems, on peut changer de ſentimeut, & ces penſées alteroient extrêmement ma ſatisfaction ; j'en ſouffrois quelquefois preſqu'autant que d'un vrai chagrin ; j'aurois voulu pouvoir ſauter de l'inſtant ou j'étois, à l'inſtant de ce mariage.

Enfin ces agitations, tant agréables que pénibles, s'affoiblirent, & ſe paſſerent, l'ame s'accoutume à tout, ſa ſenſibilité s'uſe, & je me familiariſai avec mes eſperances, & avec mes inquiétudes.

Me voilà donc tranquille, il y avoit cinq ou ſix jours que je n'avois vû ni la mere ni le fils, quand un matin on m'apporta un billet de Madame de Miran, où elle me mandoit qu'elle me viendroit prendre à une heure après midi avec ſon fils, pour me mener dîner chez Madame Dorſin; ſon billet finiſſoit par ces mots.

Et ſur-tout rien de négligé dans ton ajuſtement, entends-tu, je veux que tu te pares.

Et vous ſerez obeye, dis-je en moi-même en liſant ſa lettre; auſſi avois-je bien intention de me parer, même avant que d'avoir lû l'ordre; mais cet ordre mettoit encore ma vanité bien plus à ſon aiſe; j'allois avoir de la coquetterie par obéiſſance.

Quand je dis de la coquetterie, c'est qu'il y en a toujours à s'ajuster avec un peu de soin, c'est tout ce que je veux dire, car jamais je ne me suis écartée de la décence la plus exacte dans ma parure; j'y ai toujours cherché l'honnête, & par sagesse naturelle, & par amour propre, oüi par amour propre.

Je soutiens qu'une femme qui choque la pudeur, perd tout le mérite des graces qu'elle a, on ne les distingue plus à travers la grossiereté des moyens qu'elle employe pour plaire, elle ne va plus au cœur, elle ne peut plus même se flatter de plaire, elle débauche, elle n'attire plus comme aimable, mais seulement comme libertine, & par là se met à peu près au niveau de la plus laide qui ne se ménageroit pas; il est vrai qu'avec un maintien sage & modeste, moins de gens viendront lui dire, je vous aime, mais il y en aura peu-être encore plus qui le lui diroient, s'ils osoient; ainsi ce ne sera pour elle que des déclarations de moins, & non pas des amans; de façon qu'elle y gagnera du respect, & n'y perdra rien du côté de l'amour.

Cette réflexion a coulé de ma plume sans que j'y prisse garde, heureusement elle est courte, & j'espere qu'elle ne vous ennuyera pas, continuons.

Onze heures sont sonnées, il est tems de m'habiller, & je vais me mettre du meilleur air qui me sera possible, puisqu'on le veut, & c'est encore bon signe qu'on le veuille, c'est une marque Madame de Miran persiste à m'abandonner le cœur de Valville, si elle hésitoit, elle n'exposeroit pas ce jeune homme à tous mes appas, n'est-il pas vrai.

C'eſt auſſi ce que je penſe en m'habillant, & j'ai bien du plaiſir à le penſer, mes graces s'en reſſentiront, j'en aurai le teint plus clair, & les yeux plus vifs.

Mais me voilà prête, une heure va ſonner, j'attends Madame de Miran, & pour me déſennuyer en l'attendant, je vais de tems en tems me regarder dans mon miroir, retoucher à ma coëffure qui va fort bien, & à qui pourtant par une néceſſité de geſte, je refais toujours quelque choſe.

On ouvre ma porte, Madame de Miran vient d'arriver, on m'en avertit, & je pars, ſon fils étoit à la porte du Couvent, & il me donna la main juſqu'au caroſſe ou ma Bienfaictrice étoit reſtée.

Je ne vous dis pas que quelques Sœurs converſes que je trouvai ſur mon chemin en deſcendant de chez-moi, me parurent ſurpriſes de me voir ſi jolie, jeſus, mignonne, que vous êtes belle, s'écrierent-elles, avec une ſimplicité naïve à laquelle je pouvois me fier.

Je vis Valville prêt à s'écrier à ſon tour, il ſe retint, la Touriere étoit preſente, & il ne s'expliqua que par un ſerrement de main que j'approuvai d'un petit regard qui n'en fut que plus doux pour être timide.

Monſieur de Climal ne ſe porte pas bien, me dit-il dans le trajet; il a un peu de fievre depuis deux jours, tampis, répondis-je, je ne lui veux point de mal, & il faut eſperer que ce ne ſera rien, là-deſſus nous arrivâmes au carroſſe.

Allons, montes, Marianne, me dit ma Bienfaictrice; hâtons-nous, il ſe fait tard, & je montai.

Tu es fort bien, ajouta-t-elle en m'examinant, fort bien. Oüi, dit Valville avec un ſouris, grace à ſa beauté, & à ſa figure, elle eſt on ne peut pas mieux.

Ecoute, Marianne, réprit Madame de Miran, tu ſçais que nous allons dîner chez Madame Dorſin; il y aura du monde, & nous ſommes convenues toutes deux que je t'y menerois comme la fille d'une de mes meilleures amies qui eſt morte, qui étoit en province, & qui en mourant t'a confiée à mes ſoins, ſouviens-toi de cela, & ce que je dirai eſt preſque vrai, j'aurois aimé ta mere, ſi je l'avois connuë, je la regarde comme une amie que j'ai perdue; ainſi, je ne tromperai perſonne.

Hélas! Madame, répondis-je extrêmement attendrie, vos bontez pour moi vont toujours en augmentant depuis que

que j'ai le bonheur d'être à vous; toutes les paroles que vous m'avez dites, ſont autant d'obligations que je vous ai, autant de bienfaits de votre part.

Il eſt vrai, dit Valville, qu'il n'y a point de mere qui reſſemble à la nôtre, auſſi ne ſçauroit-on dire combien on l'aime. Oüi, reprit-elle d'un air badin, je croïs que tu m'aime beaucoup, mais que tu me cajolles un peu.

Au reſte, ma fille, je ne connois point de meilleure compagnie que celle où je te mene, ni de plus choiſie, ce ſont tous gens extrêmement ſenſez, & de beaucoup d'eſprit que tu vas voir; je ne te preſcris rien, tu n'as nulle habitude du monde, mais cela ne te fera aucun tort auprès d'eux; ils n'en jugeront pas moins ſainement de ce que tu vaux, & je ne ſçauroit te preſenter nulle part, ou ton peu de connoiſſance à cet égard, ſoit plus à l'abri de la critique, ce ſont de ces perſonnes qui ne trouvent ridicule que ce qui l'eſt réellement, ainſi ne crains rien, tu ne leur déplairas pas, je l'eſpere.

Nous arrivâmes alors, & nous entrâmes chez Madame Dorſin, il y avoit trois ou quatre perſonnes avec elle.

Ah! la voilà donc enfin, vous vous me l'amenez, dit-elle à Madame de Miran en me voyant; venez Mademoiſelle, venez que je vous embraſſe, & allons nous mettre à table, on n'attendoit que vous.

Nous dînâmes. Quelque novice & quelque ignorante que je fuſſe en cette occaſion-ci, comme l'avoit dit Madame de Miran, j'étois née pour avoir du goût, & je ſentis bien en effet avec quels gens je dînois.

Ce ne fut point à force de leur trouver de l'eſprit, que j'appris à les diſtinguer pourtant ; il eſt certain qu'ils en avoient plus que d'autres, & que je leur entendois dire d'excellentes choſes, mais ils les diſoient avec ſi peu d'effort, ils y cherchoient ſi peu de façon, c'étoit d'un ton de converſation ſi aiſé & ſi uni, qu'il ne tenoit qu'à moi de croire qu'ils diſoient les choſes les plus communes. Ce n'étoit point eux qui y mettoient de la fineſſe, c'étoit de la fineſſe qui s'y rencontroit, ils ne ſentoient pas qu'ils parloient mieux qu'on ne parle ordinairement, c'étoit ſeulement de meilleurs eſprits que d'autres, & qui par là tenoient néceſſairement de meilleurs diſcours qu'on n'a coutume d'en tenir ailleurs, ſans qu'ils euſſent beſoin d'y tâcher, & je dirois volontiers ſans qu'il y eut de leur faute ; car on accuse quelquefois les gens d'esprit de vouloir briller, oh ! il n'étoit pas question de cela ici, & comme je l'ai déja dit, si je n'avois pas eu un peu de goût naturel, un peu de sentiment ; j'aurois pû m'y méprendre, & je ne me serois apperçu de rien.

Mais à la fin, ce ton de conversation si excellent, si exquis quoique si simple me frappa.

Ils ne disoient rien que de juste & que de convenable, rien qui ne fût d'un commerce doux, facile & guai ; j'avois compris le monde tout autrement que je ne le voyois là (& je n'avois pas tant de tort) je me l'étois figuré plein de petites regles frivoles & de petites finesses polies, plein de bagatelles graves & importantes, difficiles à apprendre, & qu'il falloit sçavoir sous peine d'être ridicule, toutes ridicules qu'elles ſont elles-mêmes.

Et point du tout, il n'y avoit rien ici qui reſſemblât à ce que j'avois penſé, rien qui dût embarraſſer mon eſprit ni ma figure, rien qui me fiſt craindre de parler, rien au contraire qui n'encourageât ma petite raiſon à oſer ſe familiariſer avec la leur, j'y ſentis même une choſe qui m'étoit fort commode, c'eſt que leur bon eſprit ſuppleoit aux tournures obſcures & maladroites du mien. Ce que je ne diſois qu'imparfaitement, ils achevoient de le penſer & de l'exprimer pour moi, ſans qu'ils y priſſent garde, & puis ils m'en donnoient tous l'honneur.

Enfin ils me mettoient à mon aiſe, & moi qui m'imaginois qu'il y avoit tant de myſtere dans la politeſſe des gens du monde, & qui l'avois regardée comme une ſcience qui m'étoit totalement inconnuë, & dont je n'avois nul principe, j'étois bien ſurpriſe de voir qu'il n'y avoit rien de ſi particulier dans la leur, rien qui me fût ſi étranger, mais ſeulement quelque choſe de liant, d'obligeant & d'aimable.

Il me ſembloit que cette politeſſe étoit celle que toute ame honnête, que tout eſprit bien fait trouve qu'il a en lui, dès qu'on la lui montre.

Mais nous voici chez Madame Dorſin, auſſi bien qu'aux dernieres pages de cette partie de ma vie; c'eſt ici où j'ai dit que je ferois le portrait de cette Dame; j'ai dit auſſi, ce me ſemble, qu'il ſeroit long, & c'eſt de quoi je ne réponds plus. Peut-être ſera-t-il court, car je ſuis laſſe. Tous ces portraits me coutent, voyons celui-ci pourtant.

Madame Dorſin étoit beaucoup plus jeune que ma Bienfaictrice, il n'y a gueres de physionomie comme la sienne, & jamais aucun visage de femme n'a tant merité que le sien, qu'on se servît de ce terme de physionomie pour le définir & pour exprimer tout ce qu'on en pensoit en bien.

Ce que je dis là, signifie un mélange avantageux de mille choses dont je ne tenterai pas le détail.

Cependant voici en gros ce que j'en puis expliquer. Madame Dorsin étoit belle, encore n'est-ce pas là dire ce qu'elle étoit; ce n'auroit pas été la premiere idée qu'on eût d'elle en la voyant, on avoit quelque chose de plus pressé à sentir, & voici un moyen de me faire entendre.

Personnifions la beauté, & supposons qu'elle s'ennuye d'être si serieusement belle, qu'elle veuille essayer du seul plaisir de plaire, qu'elle tempere sa beauté sans la perdre, & qu'elle se déguise en grace; c'est à Madame Dorsin à qui elle voudra ressembler; & voilà le portrait que vous devez vous faire de cette Dame.

Ce n'est pas là tout, je ne parle ici que du visage tel que vous l'auriez pû voir dans un tableau de Madame Dorsin.

Ajoutez à present une ame qui passe à tout moment sur cette physionomie, qui va y peindre tout ce qu'elle sent, qui y répand l'air de tout ce qu'elle est, qui la rend aussi spirituelle, aussi délicate, aussi vive, aussi fiere, aussi sérieuse, aussi badine qu'elle l'est tour à tour elle-même, & jugez par là des accidens de force, de grace, de finesse, & de l'infinité des expressions rapides

rapides qu'on voyoit ſur ce viſage.

Parlons maintenant de cette ame, puiſque nous y ſommes. Quand quelqu'un a peu d'eſprit & de ſentiment, on dit d'ordinaire qu'il a les organes épais; & un de mes amis à qui je demandai ce que cela ſignifioit, me dit gravement & en termes ſçavans, c'eſt que notre ame eſt plus ou moins bornée, plus ou moins embarraſſée, ſuivant la conformation des organes auxquelles elle eſt unie.

Et s'il m'a dit vrai, il falloit que la nature eut donné à Madame Dorſin des organes bien favorables, car jamais ame ne fut plus agile que la ſienne & ne ſouffrit moins de diminution dans ſa faculté de penſer.

La plûpart des femmes qui ont beaucoup d'eſprit, ont une certaine façon d'en avoir qu'elles n'ont pas naturellement, mais qu'elles se donnent.

Celle-ci s'exprime nonchalamment & d'un air distrait afin qu'on croye qu'elle n'a presque pas besoin de prendre la peine de penser, & que tout ce qu'elle dit lui échape.

C'est d'un air froid, serieux & décisif que celle-ci parle, & c'est pour avoir aussi un caractere d'esprit particulier.

Une autre s'adonne à ne dire que des choses fines, mais d'un ton qui est encore plus fin que tout ce qu'elle dit; une autre se met à être vive & petillante: Madame Dorsin ne débitoit de ce qu'elle disoit dans aucune de ces petites manieres de femme, c'étoit le caractere de ses pensées qui regloit bien franchement le ton dont elle parloit, elle ne songeoit à avoir aucune sorte d'esprit, mais elle avoit l'esprit avec lequel on en a de toutes les sortes, suivant que le hazard des matieres l'exige, & je crois que vous m'entendrez si je vous dis qu'ordinairement son esprit n'avoit point de sexe, & qu'en même tems ce devoit être de tous les esprits de femme le plus aimable quand Madame Dorsin vouloit.

Il n'y a point de jolie femme qui n'ait un peu trop envie de plaire; delà naissent ces petites minauderies plus ou moins adroites, par lesquelles elle vous dit: regardez moi.

Et toutes ces singeries n'étoient point à l'usage de Madame Dorsin, elle avoit une fierté d'amour propre qui ne lui permettoit pas de s'y abaisser, & qui la dégoutoit des avantages qu'on en peut tirer, ou si dans la journée elle se relâchoit un instant là-dessus, il n'y avoit qu'elle qui le ſçavoit, mais en géneral, elle aimoit mieux qu'on pensa bien de ſa raiſon que de ſes charmes ; elle ne ſe confondoit pas avec ſes graces, c'étoit elle que vous honoriez en la trouvant raiſonnable ; vous n'honoriez que ſa figure en la trouvant aimable.

Voilà quelle étoit ſa façon de penſer, auſſi auroit-elle rougi de vous avoir plû, ſi dans la réflexion vous aviez pû vous dire : elle a tâché de me plaire ; de ſorte qu'elle vous laiſſoit le ſoin de ſentir ce qu'elle valoit, ſans ſe faire l'affront de vous y aider.

A la verité, ce dégoût qu'elle avoit pour tous ces petits moyens de plaire, peut-être étoit elle bien aiſe qu'on le remarqua, & c'étoit là le ſeul reproche qu'on pouvoit haſarder contre elle, la ſeule eſpece de coquetterie dont on pouvoit la ſoupçonner en la chicannant.

Et en tout cas ſi c'eſt là une foibleſſe, c'eſt du moins de toutes les foibleſſes la plus honnête, je dis même la plus digne d'une ame raiſonnable & la ſeule qu'elle pourroit avoüer ſans conſéquence, il eſt naturel de ſouhaitter qu'on nous rende juſtice, la plus grande de toutes les ames, ne ſeroit pas inſenſible au plaiſir d'être connuë pour telle.

Mais je ſuis trop fatiguée pour continuer, je m'endors, il me reſte à parler du meilleur cœur du monde, en même tems du plus ſingulier comme je vous l'ai déja dit, & c'eſt une beſogne que je ne ſuis pas en état d'entreprendre à preſent, je la remets à une autre fois, c'eſt-à-dire dans ma cinquiéme partie, où elle viendra fort à propos, & cette cinquiéme vous l'aurez incessamment ; j'avois promis dans ma troisiéme de vous conter quelque chose de mon Couvent, je n'ai pû le faire ici, & c'est encore partie remise, je vous annonce même l'histoire d'une Religieuse qui fera presque tout le sujet de mon cinquiéme Livre.

Fin de la quatriéme Partie.

LU par l'ordre de Monseigneur le Garde des Sceaux. Le 19 Mars 1736.
J. SAURIN

www.ingramcontent.com/pod-product-compliance
Ingram Content Group UK Ltd.
Pitfield, Milton Keynes, MK11 3LW, UK
UKHW031916260826
14628UKWH00003B/1230

9 782329 474359